(Mme Aurore Domergue, dame Bursay)

8473

# LA JAMBE DE BOIS,

OU

# LE RIMAILLEUR,

POËME.

Je déclare contrefait tout exemplaire qui ne sera pas revêtu de ma signature.

DE L'IMPRIMERIE DE J. GRATIOT.

# LA JAMBE DE BOIS,

OU

# LE RIMAILLEUR,

## POËME BURLESQUE EN SIX CHANTS;

DÉDIÉ

A M. STÉPHANO VESTRIS,

ex-Bibliothécaire de S. A. R. le Prince Henri de Prusse;

ŒUVRE POSTUME DE M. A... D... (Mme Aurore Domergue, dame Bursay)

MISE AU JOUR PAR M. ALEXANDRE P***.

---

Si j'ai dit un seul mot qui ne soit vérité,
Je veux perdre à l'instant le pied qui m'est resté.



A PARIS,

Chez { BAILLET, Éditeur, rue d'Aboukir, n°. 3;
DÉLAUNAY, Libraire, au Palais-Royal, galerie de bois, n°. 243;
LE NORMANT, rue de Seine, n°. 8.

1813.

# A M. VESTRIS.

Toi de qui la gaîté va jusqu'à la folie,
Toi qu'enfanta le sol de la belle Italie,
VESTRIS auprès de qui la froide gravité
Perd et son équilibre et son austérité,
C'est à toi que je veux dédier cet Ouvrage :
Si toutefois ce nom sied à l'amalgamage
Né de la fièvre quarte ou de la déraison
Qu'opère le soleil dans la chaude saison ;
Il est, tu le verras, fils de la Canicule,
Et son titre le peint sans aucun préambule.
Je n'en suis point l'auteur, mais j'ai sur lui des droits,
Légataire choisi par *la Jambe de Bois*.
La veille de sa mort, sa garde-malade ivre
L'avait mis de côté pour le vendre à la livre.

Je vins fort à propos le sauver de l'oubli
Où le sot épicier l'aurait enseveli.
Eh! quel sort différent de plier du fromage,
Ou du Palais-Royal augmenter l'étalage;
Car j'ai de son succès un doux pressentiment,
Et chacun en rira si tu ris un moment:
C'est le point principal et sur-tout difficile.
Toi qui sais dérider et la cour et la ville,
Favori de Momus, intime en ses secrets,
Que ton esprit unique embellit de ses traits,
Adopte cet enfant; sois de mon invalide
Dans le monde riant le soutien et le guide;
Il peut, quoique boiteux, sur ton bras supporté
Aller à cloche-pied à l'immortalité.

ALEXANDRE P***.

# INTRODUCTION.

Oui, je veux rimailler puisque c'est mon envie;
Que l'on me blâme ou non, fort peu je me soucie.
Je n'irai pas, ma foi, m'alambiquer l'esprit
Pour savoir si tel mot est d'usage ou proscrit,
Si Domergue (1) l'adopte, ou si Mercier (2) l'invente,
S'il est répudié par messieurs les quarante,
Si l'on ne s'en sert plus que dans le genre bas,
Une fois échappé je ne l'efface pas.
Je serai néologue enfin tout comme un autre,
Et de la liberté je veux être l'apôtre.
Je veux, original, sans bride ni sans choix,
Mettre auprès de l'Amour une tourte aux anchois,

(1) Académicien qui a fait une grammaire.

(2) Qui a fait un dictionnaire de nouveaux mots, intitulé *Néologie*.

La broche en un boudoir, ou rendre blancs les merles.
Mon Poëme doit être un long colier de perles;
Quand je dis perles, non des perles de valeur,
Mais un fil bigarré d'une et d'autre couleur;
Car je vois tant d'auteurs dont la verve se guinde,
Qui, montés sur un banc, s'estiment sur le Pinde,
Que j'en ai pris dégoût, jaunisse et mal caduc,
Et j'étais *ad patres* sans le docteur Astruc.
Je laisse les neuf Sœurs, l'Hélicon, l'Hypocrène,
Et Pégase qui fait tout juste la douzaine.
Quant à ce petit fat, ce châtré d'Apollon,
Il peut s'en aller paître en son sacré vallon.
La raison m'assommait, et vive la folie!
Je veux être si fou qu'il faudra qu'on me lie.
Mon esprit devenait plus aigre que verjus,
Que le jus de groseille et que tant d'autres jus.
Collé sur mon Boileau, je suivais à la trace
Les leçons que sa main donne avec tant de grâce.
J'ai fait quelques bons vers, tels je les crus du moins;
On n'erre pas toujours lorsqu'on prend tant de soins.

Pour façonner sa verve au grand art poétique
Un journal cependant me traitait de bourrique.
Ma pension filait en plumes, en papier,
Il ne m'en restait pas même pour un soulier;
Car il ne m'en faut qu'un. Par un boulet fort leste
Je perdis une jambe en un combat funeste.
Qu'importe que je sois ou boiteux ou bossu,
Si je ne le disais vous ne l'auriez pas su.
Voulant changer un jour ma manière de vivre,
N'avoir rien de commun avec plume ni livre,
Je rassemblai soudain mes divers manuscrits
Auxquels mon amour-propre attachait un grand prix,
Pensant que leur produit me vaudrait une somme
Propre à m'entretenir à Paris comme à Rome;
C'était le résultat de vingt ans de travaux,
Ouvrages instructifs ou romans tout nouveaux.
Ne croyant rien trouver à mon dessein contraire,
Je fus clopin clopant m'enquérir d'un libraire:
Je portais sous mon bras mes enfans cordonnés,
Je tendais le jarret et je levais le nez:

1.

Pensant que sur mon front on lisait le génie,
J'enfile tout gonflé la grande galerie
Où l'on vend à la fois les pâtés de Strasbourg
Et les ouvrages secs de monsieur Long-Lent-Lourd (1),
Où l'on voit des filous, des abbés, des coquettes,
Des rustres, des seigneurs, des dindons, des poëtes,
Des intrigans, des fous, des escrocs, des joueurs,
Des filles, des benêts et des agioteurs.
Je suis tous les détours de cette enceinte immense
Que l'on peut bien nommer le bazar de la France,
Car l'on y vend de tout, à tout prix, en tout temps,
Automne comme hiver, été comme printemps.
Voyant tout ce conflit de luxe et de richesse,
Je sens naître dans moi l'espoir et l'allégresse :
J'entre, sûr de mon fait, chez le libraire Gault,
Qui, pour ses intérêts, n'est pas, je crois, manchot.
« Que vous plaît-il, monsieur? me dit-il d'un air grave,
En me montrant un nez couleur de betteraye.

(1) Surnom de Marmontel donné par l'abbé d'Arnaud.

— Monsieur, sur un roman je viens vous consulter.
— J'ai peu de temps ; d'ailleurs, je ne puis l'acheter ;
Ce genre est rebuté. — Quoi ! de l'amour le code...
— Sert pour envelopper beurre ou bœuf à la mode.
— Le titre est séduisant : *la moderne Laïs.*
— Monsieur, on n'en lit plus s'ils ne sont de Genlis.
— Je vais donc vous montrer certain poëme épique...
— Ah ! monsieur, j'en ai cent pourris dans ma boutique.
— Un Traité sur les Mœurs. — Sujet en discrédit.
— Philosophique Essai sur l'âme et sur l'esprit.
— L'un est galimatias et l'autre court les rues.
— Voyez mes livres : *l'Art de guérir les verrues ;*
*Le moyen d'effacer les rides de la peau ;*
Plus, *celui de se faire un estomac nouveau*
*Pour pouvoir digérer un repas à chaque heure ;*
*Le secret merveilleux d'empêcher qu'on ne meure*
*Avant cent ans au moins, et d'être toujours vert,*
*Remède tant cherché ! par Flamel* (1) *découvert.*

(1) Nicolas Flamel qui passa sa vie à chercher la pierre philosophale.

— Voilà le goût du jour. L'art de tirer les cartes
Se vend mille fois mieux que Newton et Descartes;
Les lettres pour long-temps sont dans un cul-de-sac !
Faites des *ianas* ou vendez du tabac.
— Tout est donc bien changé; car avant mon absence...
— Combien de temps, monsieur ? — Mais quarante ans, je pense.
— Que cela ? bagatelle; et je sens que vraiment
L'on peut être surpris d'un si prompt changement.
— Arrangeons-nous, enfin; vous êtes honnête homme ?
Nous tomberons d'accord, j'en réponds, sur la somme. »
Jetant sur le ballot des yeux indifférens,
« Pour vous servir, dit-il, je donne six cents francs.
— Monsieur, réfléchissez, ce sont douze volumes,
A peine paieriez-vous encre, papier et plumes.
— Monsieur, de ce marché j'aurai du repentir.. »
Je prends les six cents francs et me mets à courir,
Donnant Muses au diable, et Pégase et son aile,
Libraire, journaliste et toute la séquelle.
Maintenant près du feu dans un grand fauteuil rond,
Qui sans doute fut fait du temps de Pharamond,

En face d'un cotret, ou bien d'une falourde,
A toute ambition je fais oreille sourde.
J'ai mis mes six cents francs chez un marchand de vin,
Qui sans être normand est encore assez fin
Pour les faire valoir et sans beaucoup de peine;
Car sa boutique est près de la grande fontaine,
Et par ce voisinage et ses bonnes façons
Il attire le monde et sait doubler nos fonds.
Ce sage arrangement, trois cents francs de retraite
Me font de neuf cents francs la somme bien complète.
Dans mon petit réduit, sans envie et sans soins,
Je borne mes désirs à mes justes besoins;
Je ne prise que ceux de la vie animale,
Et me crois plus heureux qu'un Héliogabale.
Je mange quand je veux, je dors quand il me plaît;
Je brave tout journal, tout riche et tout pamphlet.
Pour trouver le bonheur chacun a son système:
L'un croit qu'il est dans l'or ou dans le diadème;
L'autre, à traîner ses vers de salons en salons;
L'homme sage, à planter des choux ou des melons.

La foule d'étourneaux visitant les ruelles
Le met à compléter une liste de belles;
Le mari soupçonneux sur-tout est convaincu
Qu'il consiste en entier à n'être point cocu.
Moi, je ne l'ai trouvé qu'au sein de la folie;
Je lui dois les beaux jours que je compte en ma vie.
Ecoutant les discours d'un soi-disant Caton,
J'avais fui ses drapeaux (de laine ou de coton,
Peu m'importe), j'avais convoité la sagesse;
Hélas! en l'épousant j'épousai la tristesse.
Je singeais ces pédans à chapeaux détroussés,
A face de carême, aux propos compassés,
Ces sots ignorantins qui de Paris à Rome,
Sur tous les ignorans doivent avoir la pomme.
Nouvel enfant prodigue en rentrant au bercail,
De mes gestes et faits j'écrirai le détail.
Eh pourquoi donc en vers? me dirait un critique,
Si je les exposais sur la scène publique;
La prose est même trop pour ces misères-là.
Mais comme c'est pour moi que j'écris tout cela,

Je suis maître, je crois, de suivre mon caprice :
Ce n'est point un assaut, je n'entre point en lice;
Car si quelqu'un lisait cet ouvrage ambigu,
Ce serait me percer avec un fer aigu.
Et ce dieu fabriqué, souverain du Parnasse,
Avec son air pincé viendrait me dire en face :
« Après avoir juré, tranché du rodomont,
» Je te trouve rôdant autour du double mont.
» Voilà bien ces crapauds des marais d'Hypocrène,
» Ils tentent de monter jusques à perdre haleine;
» Et lorsque du sentier je les ai balayés,
» Par leurs coassemens dans les airs déployés,
» Ils exhalent le feu de leur rage impuissante,
» Et sortent sourdement de leur bouche gluante,
» Croyant par des détours arriver à leur but,
» Et me voler mes chants soit en *ré* soit en *ut*. »
C'est donc pour éviter ce divin tripotage
Que mes vers, quels qu'ils soient, doivent rester en cage.
Quand je les aurai lus, relus et commentés,
Ils iront où, parfois, vont d'autres si vantés.

J'entre donc en matière... Eh ! qui frappe à ma porte ?
C'est je crois mon dîner qu'un savoyard m'apporte.
Dînons sans nous presser, mes momens sont à moi :
Je suis donc plus heureux et plus libre qu'un roi.

# LA JAMBE DE BOIS,

## OU

# LE RIMAILLEUR.

---

## CHANT PREMIER.

Après avoir dîné mieux que plus d'un monarque,
D'un sénateur romain, d'un préfet, d'un tétrarque;
( Car comme un bon repas ne gît que dans les goûts,
Que les miens sont fondus dans une soupe aux choux; )
Un morceau de jambon ni trop gras ni trop maigre,
Accompagné du jus qui rend mon âme alègre,
Non de mon magasin dont j'ai parlé plus haut,
Mais du vin que pour moi je réserve *in petto*;

Satisfait, je reprends mon fil, non de couture,
Ni ce fil si fameux mis aux mains d'un parjure
Pour garantir ses jours de la dent de Taurus,
Ni celui dont on fit la robe de Nessus,
Encore moins celui d'un large cimeterre,
Ou celui des trois sœurs que le Tenare enserre;
C'est le fil du récit que j'avais commencé,
Et je vais le reprendre où je l'avais laissé.

Je naquis le deux mars sans appel et sans noise,
Dans un ancien manoir, sur la rive de l'Oise.
Mon père, en moi, sentant un Achille nouveau,
Me prit par le talon pour me plonger dans l'eau.
Ce fut par le talon que ce héros célèbre
Percé, fut faire un somme au rivage funèbre.
Au combat, un boulet que m'envoya le vent
Manqua de me jouer même tour insolent;
J'en fus quitte pourtant en lui cédant ma jambe,
Et je devins extrait au lieu de rester ambe.
Mais n'anticipons pas sur les événemens;
A peine suis-je encore à mes premiers momens.
On me donna d'abord une fraîche nourrice,
Très-experte dans l'art de faire la saucisse;

En cuisine elle avait les plus rares talens :
On ne *frittait* pas mieux, ou *frisait* les merlans (1).
Elle était tour à tour nourrice, cuisinière,
Gardait notre âne et moi, sans en être plus fière.
Mon père était un noble et très-riche baron,
Qui de corps et d'esprit passait pour le plus rond.
Il avait épousé ma mère belle et vierge,
Mince comme une aiguille et droite comme un cierge.
Le fameux rejeton d'un couple si bienfait
Ne pouvait point manquer d'être un mortel parfait;
Aussi sans me vanter, grâce, esprit, gentillesse,
Illustrèrent bientôt ma première jeunesse.
Je jouais de la flûte et je faisais des vers,
Comme ce Frédéric qu'admire l'univers.
Je gagnais par ces vers tous les prix du collége;
J'aurais, je crois, rimé les almanachs de Liége.
Je parvins sans effort, pendant le grand hiver,
A traduire Virgile, ainsi que mon Pater.
Je tranchais en public, les jours de grande fête,
Prouvant à mon régent qu'il n'était qu'une bête.

(1) C'est pour montrer la bizarrerie de la langue française. On dit, bouillait, grillait, rôtissait; pourquoi ne pas dire frittait, plutôt que de ne rien dire?

Quand il prenait parfois ses airs de fanfaron,
Je lui lâchais un vers qui contient un juron (1).
C'est lui qui l'avait fait, il ne pouvait s'en plaindre;
Que ne le donnait-il à *Voltaire* pour teindre.
Quittant collége, enfin, chiens de cour et marmots,
Je jouis à Paris du fruit de mes travaux.
Je faisais le censeur aux bals, aux promenades,
Aux théâtres, cafés, boulevards et parades.
De la mode, du goût, seul je donnais le ton;
J'écrasais les passans avec mon phaéton.
J'avais toujours le nez plein de tabac d'Espagne,
Et les cheveux bouclés dits à la Charlemagne.
Je portais un habit de satin mordoré,
Veste et culotte idem, et rien de bigarré;
Des souliers bien pointus avec de grandes boucles,
Dont les pierres brillaient comme des escarboucles;
Manchettes et jabot, filet œil de perdrix,
Une bourse, une épée avec un fourreau gris.
Il me semble me voir avec cette élégance,
Ce port majestueux et cette noble aisance,

(1) Tout le monde connaît ce vers.

Qui transportait d'abord le sexe à mon aspect,
Et de mes inférieurs m'attirait le respect.
Je tenais dans mes fers filles, femmes et veuves,
Mettant maris, amans à de rudes épreuves.
Mon père le baron payait tous ces plaisirs ;
Je n'avais pas le temps de former des désirs.
Enfin l'amour parut dans les yeux d'une belle,
Et de ses yeux passa jusques à ma cervelle.
Elle était jeune, folle, et l'hymen l'unissait
A certain vieux marquis qui nuit et jour toussait.
Un asthme lui mettait la poitrine en déroute;
Il avait outre ce, la gravelle, la goutte,
Un cautère à la cuisse, un second au mollet,
Et ne pouvait s'asseoir que sur un bourrelet.
Enivré de ma belle et de sa douce œillade,
Je la suivis un soir dans une mascarade.
Je glissai dans sa main un joli billet doux
Où je lui demandais un prochain rendez-vous.
Elle lut le billet; car elle savait lire,
Et par un grand laquais en secret me fit dire
De venir la trouver même soir à minuit,
Sur-tout discrètement sans chandelle et sans bruit.

Au moment de partir je reçus un message,
Qui m'apprit que mon père avait plié bagage.
J'abandonnai soudain, mon amour, mon espoir :
A l'habit mordoré succéda l'habit noir.
Comme c'était pressé je pris la diligence,
Qui, dans un jour au moins, fit le chemin, je pense.
C'était aller bon train ; Pontoise n'est pas près,
Et l'on ne va pas mieux à moins d'être aux arrêts.
Je sentis à l'aspect du manoir de mes pères,
Mon cœur comme piqué par de noires vipères.
La porte était ouverte, et je vis sur le seuil
La gardienne d'âne en habit de grand deuil.
C'est vous ? en l'embrassant, lui dis-je, ma nourrice.
Que faites-vous ici ? Je vous croyais à Nice.
Eh ! vraiment, me dit-elle avec un ton fort sec,
Pour tirer son argent il faut avoir bon bec.
Dans tout votre logis il n'est chose qui vaille.
Parlez, parlez vous-même à cette valetaille ;
Elle a dévalisé le meilleur, le plus beau ;
Car il n'est pas un clou pour pendre son manteau.
Je reste stupéfait en oyant ce langage ;
Mais enfin je m'avise après les pleurs d'usage,

De demander au moins l'état de ma maison;
Et j'y lis : reste un chat, une épée, un oison.
Qu'est ceci ? m'écriai-je; ah ! canaille maudite.
Je tire cette épée et je me précipite
Sur ces coquins fieffés, vrai gibier de gibet.
Ils courent en hurlant au prochain cabaret;
Je les y suis, et fais un terrible vacarme,
Quand dans ce brouhaha j'en vois sortir un carme
Qui de notre famille était le *factotum*,
Et qui la dirigeait toujours *ad libitum*.
Il avait secoué la robe de jésuite
Pour entrer au couvent tout près de notre gîte.
Je m'étais bien douté de quelque sourd micmac;
Mais dans ce moment-là je vis le fond du sac.
S'étant donc esquivé (sans souffler) de la salle,
Ayant l'air de vouloir éviter le scandale,
Il rejoint la nourrice, et bref, sur un signal,
Viennent de mon côté dix soldats à cheval.
Ils veulent m'arrêter; je saute, j'espadonne,
Je larde tout venant et n'épargne personne.
A droite, à gauche, en face, on ne voit que combats;
Je suis dans ces assauts Briarée aux cent bras.

« La ruine me suit et l'effroi me devance ; »
Mais je trouve en cè vers poétique licence.
Avant d'avoir pondu, la poule n'a pas d'œuf ?
Il faut que la charrue accompagne le bœuf.
Ces écarts sont permis sans doute aux grands génies ;
Rencontrez-les ailleurs, gare les avanies !
Donc, effroi me devance, et ruine me suit.
Soudain s'offre à mes yeux en un sale réduit,
Mon crasseux va nu-pieds, le renégat d'Ignace ;
Je saisis le maraud, non point par la tignasse,
Il avait le poil ras, mais par son capuchon,
Et le force à quitter le boudoir du cochon.
Il veut me résister ; du revers de mon arme
Je lui fais une entaille à corriger tout carme,
Et lui fais avouer près du fatal hoquet,
La trame bourrelique et l'infernal paquet.
Oui, depuis que ma mère avait fait le voyage,
Ma nourrice avec lui faisait un brigandage.
Tout mon futur avoir, par leurs mains ramassé,
Passait de ma maison dans le vade *in pace*.
Ce cachot ténébreux, mitoyen de nos caves,
Avait de leur pillage écarté les entraves.

Continuellement la nourrice volait,
Infatigablement le carme recélait.
Mon père, je l'ai dit, rond d'esprit et de taille,
Répartissait son être entre cette canaille.
L'une avait son physique et l'autre son moral;
Ce duo me mena tout droit à l'hopital.
Ayant donc tout perdu, je croyais être quitte;
Mais je l'ai dit le carme avait été jésuite,
Et mon régent l'était. J'ai raconté plus haut,
Que souvent au collége, en un public assaut,
De grec ou de latin je lui faisais la barbe;
Ces affronts lui semblaient plus amers que rhubarbe,
Et s'il les avalait, tout en les avalant
L'amour-propre ulcéré me gardait une dent.
On m'arrête; à la geôle on me marque ma place;
Tout le peuple tondu dispute ma carcasse;
Me pendre, me brûler lui paraissait un jeu;
Me massoler (1) était pour mon crime trop peu.

(1) Supplice des états du Pape à Avignon. C'est avec une massue qu'on massole, et l'on dépèce le corps ensuite comme à la boucherie.

On avait mis un prix pour le rare génie,
Qui pourrait inventer quelque mort inouïe.
Moi, pendant ces débats j'étais au Châtelet,
Dans un petit cachot qui n'était pas trop laid;
J'y collai du papier, j'y mis une ottomane,
Que j'obtins du geolier sans la moindre chicane;
Car j'avais de l'argent; muni de ce métal,
En quelque lieu qu'on soit on est bien à cheval.
Ce geolier me servait, et sa fille Marie
Sur la brune venait me tenir compagnie.
Le gargotier voisin apprêtait mes repas,
Qu'arrosaient le Bourgogne et les vins délicats.
Je passai près d'un an le temps de mon séquestre
Dans ce petit cachot, paradis sous terrestre.
L'amour et le bon vin dissipent bien des maux.
La fillette m'aimait par dessus mes rivaux;
Je lui promis hymen en face de notaire,
Et sans blesser les mœurs enfin je devins père.
Mais ma félicité ne dura qu'un instant;
Car la mort emporta la mère avec l'enfant.
Baptême, enterrement emportèrent ma bourse,
Et je restai capot voyant tarir sa source.

O précieux métal ! dont le sublime effet
Rend les yeux à l'aveugle et la langue au muet ;
Magicien puissant devant qui disparaissent
Les vices, les défauts qui dans le pauvre blessent,
Qui fait voir Adonis dans un Mathusalem,
Toi, qui sais égayer même le *requïem*,
Quand c'est un héritier qui l'entonne et le chante,
Je perdis, te perdant, la gaîté consolante.
Mon cachot devint sombre et mes repas fort courts.
Le geolier m'accusa d'avoir tranché les jours
De l'objet de mes feux, de sa fille chérie,
M'enferma comme un loup, non dans la bergerie,
Mais dans un trou profond où les rats affamés
Ressemblaient, maigres, secs, à des harengs fumés.
De leur voracité ne pouvant me défendre
Ils me mordaient dans tout ce que j'avais de tendre ;
Rien n'était à l'abri de la mus-ique dent (1).
J'étais entre les leurs et celle du régent,
En m'écriant un jour avec mes cordes basses,
« Des régens et des rats maudites soient les races ! »

(1) C'est un mot de ma Néologie ; *mus*, en latin signifie *rat*. C'est donc comme qui dirait ratique dent.

Quelqu'un me répondit ( c'était un prisonnier ) :
« Vous avez l'air, monsieur, de bien vous ennuyer.
— Ah ! qui que vous soyez qu'ici bas je rencontre,
Repartis-je en prenant la voix de haute-contre ;
Car j'avais bas et haut, et parfait *medium*,
Talent que découvrit le célèbre Fistum,
Fameux compositeur que les Flandrins révèrent,
Et que ses menuets à jamais illustrèrent ;
Donc, je dis au voisin, ne m'abandonnez pas,
Ou je serai dans peu dévoré par les rats ;
J'en ai dans mon cachot plus que des brins de paille ;
Les coquins de mon corps veulent faire ripaille.
Je crois que mon beau-père, homme sans foi, ni loi,
Fit aiguiser leurs dents pour se venger de moi.
— Votre nom, s'il vous plaît ? — Artémon d'Armadille.
— On aurait dû, monsieur, vous mettre à la Bastille
Puisque vous êtes noble. Et qu'avez-vous donc fait?
( Ici je crus entendre une voix de fausset. )
— J'ai fait ce qu'aurait fait tout autre homme à ma place.
Un carme déchaussé m'a mis à la besace ;
J'ai coupé le sifflet à ce sale maraut
Qui de mon bien volé faisait bouillir son pot.

— Que je vous plains, monsieur, les lois ne sont pas tendres.
Et quel jour vous prit-on ? — Le mercredi des cendres ;
Le lundi gras encor j'étais dans un grand bal
Où l'on m'avait promis tout un autre régal !
— Dieux ! s'écria la voix, serait-il bien possible ? »
C'était celle d'un ange, et d'un ange sensible.
« Madame, dis-je alors, vous êtes sûrement
Celle qui m'accorda ce rendez-vous charmant.
Que faites-vous ici, par quelles infortunes ?
Car vous n'y siégez pas sans doute pour des prunes.
— Ah ! mon cher Artémon, dit la belle aux yeux doux,
Cet époux que j'avais n'était pas mon époux.
Passant par la Hollande il me vit chez mon père.
Le train qu'on y menait ne m'accommodait guère.
Je ne pouvais bouger : le monde est si méchant !
La grandeur me plaisait, non le peuple marchand
Que mon père voyait par rapports de commerce :
D'erreurs, d'illusions la jeunesse se berce.
Je voyais un chemin, mais pour me le frayer,
Il fallait mettre au moins le pied dans l'étrier ;
Mon vieux me parut propre à servir ma chimère,
Je le pris, et quittai la maison de mon père.

Sous un nom supposé je vivais à Paris,
Et de la vie enfin je connaissais le prix;
Ma timide innocence et ma gaîté folâtre
Firent que le marquis de moi fut idolâtre;
Mais il était jaloux, exigeant à l'excès;
Nul homme en sa maison n'avait jamais accès:
Il fallait inventer *mille et un* artifice
Pour pouvoir quelquefois couronner un caprice.
Je vous vis Artémon, et mon sort s'accomplit:
« Tant va la cruche à l'eau qu'enfin elle s'emplit. »
Au marquis, le laquais découvrit notre trame:
Il vint malgré sa toux me chanter cette gamme:
« *UT*recht vous redemande, et c'est votre pays;
» *RÉ*parez mon affront en sortant de Paris:
» *MI*lle louis tout prêts pour vous faire une rente,
» *FA*cilement rendront une autre plus contente.
» *SOL*ogne est le séjour où nous serons unis,
» *LA* femme que je prends connaîtra mieux mon prix;
» *SI* vous voulez en croire un reste de tendresse,
» *UT*ilisez les dons que ma bonté vous laisse. »
A la fin de la gamme il se mit à tousser,
Mais si fort, que je crus qu'il allait trépasser.

Je voulus par mes soins faire la chattemite ;
Ce fut en vain : mon vieux tout en toussant me quitte
Et sort de la maison. Je sentis mon malheur ;
Je regrettais les dons, et non pas le donneur.
Du produit des bijoux la somme fut légère ;
On les achète cher, on les vend le contraire.
J'aurais bien en cherchant retrouvé quelqu'époux ;
Mais mon cœur enflammé ne battait que pour vous.
L'amour me suggéra d'un froufrou de son aile,
Le moyen que je pris pour vous rester fidèle.
C'est à vous de juger si j'eus tort ou raison ;
Car je suis plus que loin de vous croire un oison.
Comme je ne crains rien autant que la détresse,
Dès que je vis la nuit, je filai vers la caisse
Où monsieur le marquis déposait son argent.
Quelquefois il avait, dans un besoin urgent,
( Quand sa quinte de toux lui survenait trop forte, )
Daigné me confier la clef de cette porte ;
Moi, prudente, craignant de cet amour la fin,
J'en avais fait faire une au serrurier voisin ;
J'avais prévu le coup, elle fut ma ressource ;
Je ne pris point d'argent ; mais je pris une bourse

Contenant à peu près deux milliers de ducats,
Dont je savais fort bien qu'il ne se servait pas.
Jeune et novice encor, ma timide innocence,
Ne vit rien dans ce trait contre la bienséance.
J'y voyais même au fond un acte de vertu,
Qui sauvait mon honneur près d'être combattu;
Et soit enfantillage, ignorance ou bêtise,
Je prenais ces ducats comme on prend une prise.
— Madame, dis-je alors, ceci passe le jeu,
A mon carme, je crois, vous ressemblez un peu;
On ne plaisante pas sur de pareils articles,
Et l'honneur pour voir clair ne prend point de besicles.
Vous pourriez me jouer quelques semblables tours.
Retournez dans Utrecht vendre votre velours,
Si vous en êtes quitte avec les étrivières,
Serviteur; ce sont là mes paroles dernières. »
Je me tus, justement entrait mon avocat:
Il était de Lunel, le pays du muscat;
Dès long-temps au barreau sa sublime éloquence
L'avait fait surnommer le Cicéron de France.
Il me dit: « Mon enfant, malgré notre bon droit,
Nous aurons du dessous, tout le monde le croit.

J'ai perdu mon latin à plaider votre cause.
Il n'est plus qu'un moyen pour terminer la chose :
Il faut écrire au roi, nous préviendrons le choc,
Et donnerons peut-être un croc-en-jambe au froc,
Vous avez un parti pour vous, c'est le beau sexe ;
Sans vouloir vous flatter, votre absence le vexe ;
En outre, votre nom n'est point sans quelqu'éclat,
Le baron d'Armadillé avait servi l'état :
Des braves, les exploits sont tous connus du maître,
Et dans l'occasion il sait les reconnaître.
Vous pouvez sans rougir humblement le prier ;
Et j'apporte avec moi pour un liard de papier.
Écrivez sous mes yeux, j'enverrai le mémoire,
Et nous ferons danser toute la bande noire. »
J'obéis : l'avocat emporta le placet ;
Et moi parmi les rats j'en attendis l'effet.

FIN DU CHANT PREMIER

## CHANT SECOND.

Un roi juste et clément est un dieu sur la terre,
Et quand il sait unir au grand art de la guerre
Tant de rares vertus faites pour étonner,
Il faut bénir la main qui sut nous le donner.
  Dans mon placet au roi, je priais sa justice,
Par la vie ou la mort de finir mon supplice.
Il le lut en entier, demanda les rapports,
Et sa main paternelle atténua mes torts.
Ils furent imputés à la fougue de l'âge,
Au désespoir d'un fils dont on prend l'héritage.
Le jésuite maté ravala son chagrin,
Et le peuple tondu s'en fut à son lutrin.
La nourrice fut mise à la Salpétrière;
Ce fut un sort trop doux pour cette chambrière.

Me trouvant affranchi par le trône et les lois,
Je fus offrir mon bras au plus clément des rois.
Mes combats à l'Étoile (1) et mes promptes répliques
Le firent rire au point qu'il en eut des coliques.
Il fallait voir aussi rire les courtisans,
Ils formaient un tableau des plus divertissans.
Quoique jeune, un instant m'apprit à les connaître,
Leurs mouvemens suivaient constamment ceux du maître;
A voir leur contenance, on aurait dit vraiment,
Que c'était des soldats prêts au commandement;
Ils ne prenaient point part à mon récit prolixe,
Mais c'était sur le roi qu'ils portaient un œil fixe.
Une fois il ouvrit la bouche pour bâiller,
Les voilà tous partis, riant à cascailler (2).
Le mouvement du maître avait fait leur méprise;
Moi, je croyais avoir lâché quelque sottise;
J'étais, à ces éclats, resté tout interdit,
Car c'était justement le triste du récit;

(1) Cabaret où il avait tué le carme.

(2) Cri de la caille.

Ils restèrent confus du regard du monarque ;
Il fit l'effet sur eux du oiseau de la Parque.
Le roi me rassurant, me dit avec bonté :
« Vous avez de servir entière liberté.
Dans quelle arme, mon fils, voulez-vous qu'on vous place ?
— Où votre majesté me recevra par grâce.
Non, choisissez, dit-il, ou sur terre ou sur eau.
— Puisque vous l'ordonnez, sire, sur un vaisseau.
La marine me plaît, et j'ose ici promettre
Que je justifierai la faveur de mon maître ;
Je lui dois en ce jour et ma vie et mon sort,
Pour pouvoir m'acquitter, c'est trop peu que la mort.
J'ose encore implorer une faveur bien chère,
C'est, avant de partir, d'aller voir mon grand-père ;
Il demeure à Berlin ; je suis son héritier,
Et de ses jours je sais qu'il compte le dernier.
— Je vous donne six mois pour entrer dans vos vues ;
Vous irez à Potsdam aussi voir les revues, »
Dit le monarque. Il fit délivrer mon brevet,
Y joignant cent louis pour garnir mon gousset.
Je partis transporté d'aller en Allemagne,
Que l'on m'avait dit être un pays de cocagne ;

Je croyais en jugeant sottement par le nom,
Qu'andouilles et boudins y pleuvaient à foison.
Ma mère à tout propos m'avait vanté sa Prusse;
Elle était de Berlin, la fille de ce Brusse,
Ennobli depuis peu par le grand Frédéric,
Pour avoir inventé des tuyaux d'alambic,
Propres à distiller le blé, le seigle ou l'orge,
Pour faire ce schnaps (1) dont ce peuple se gorge,
Que nous autres Français, ayant le goût moins fin,
Nommons tout bêtement mauvais esprit de vin.
Combien il me tardait d'avoir passé Mayence,
Pour être sur le sol où l'on fait la bombance!
Je demande à manger d'abord au fort Cassel.
On pose un plat d'étain avec pain noir et sel,
Sur serviette bleuâtre à dessin très-baroque;
Je crus qu'on m'apprêtait quelques œufs à la coque.
Je disais en moi-même on a des œufs partout,
Mais c'est pour commencer, attendons jusqu'au bout.
« Eh bien! ce déjeuner viendra-t-il? car j'enrage »,
Dis-je. J'avais appris quelques mots du langage.

(1) *Schnaps*, mauvaise eau de vie de grains en usage dans le pays.

« Voulez-vous autre chose? à l'instant vous l'aurez,
Reprit l'hôte. — Eh! parbleu, c'est nouveau: vous verrez
Que c'est avec du pain et du sel qu'on déjeûne.
Est-ce dans vos climats, par hasard, jour de jeûne?
— Non, monsieur, c'est l'usage; et tout bon Allemand,
Jamais pour sa santé ne déjeûne autrement.
— Monsieur, pour un Français ce repas est trop maigre;
— Nous pouvons vous offrir *kalte schal* ou *de l'aigre*.
— De l'aigre, kalte schal? Vous me parlez hébreux;
A l'aperçu, ces mets me paraissent affreux,
Ne les connaissant pas, je n'en puis faire usage;
Veuillez vous expliquer dans un chrétien langage.
— « Jé pour dire à mosié, (dit un grand homme noir
Que mon œil à l'instant venait d'apercevoir,
» Jé parlé pas françé, *haber* (1) jé puis pour faire
Cet l'explication. Pour *je* petit l'affaire,
Si vous pouve le grec, ou pét-être latin?
— Eh! monsieur, comme Homère ou bien comme Lucain.

(1) *Haber* signifie *mais* et *je*. Ils s'en servent souvent en place de *moi* quand ils commencent à apprendre le français. Ils répondent à la question *qui est là?* *je*.

Mon homme très-versé dans la langue d'Horace,
M'expliqua que cet *aigre* était une fricasse,
Qui descendait tout droit de Sparte jusqu'à nous,
Que c'était ce mets-là qu'on nommait aigre-doux;
Qu'il fit souvent vomir le bel Alcibiade,
Quand de quitter Athène il lui prit la boutade;
Que c'était un régal lacédémonien,
Dont il fallait manger pour être citoyen.
« Lycurgue, ajoute-t-il, suivant la grecque histoire,
L'inventa, lui donnant le nom de *sauce noire.* (1)
— Monsieur, je sais l'histoire, et ce fait m'est connu;
Mais enfin qu'entre-t-il dans ce mets saugrenu?
— C'est du daim, du chevreuil, ou du cerf ou du lièvre,
Qu'on met dans le vinaigre avec sel et genièvre,
Qu'on y laisse pourrir, point très-essentiel,
Et qu'on fait cuire alors dans du beurre et du miel;
Quelques gens au-dessus de la classe commune,
Y mêlent des raisins, des amandes, des prunes.
Ah! si vous connaissiez cet antique ragoût!
C'est le *nec plus ultrà* du délice et du goût.

(1) *Sauce noire.* C'est véritablement le mets de Sparte connu sous ce nom, et que les Allemands nommèrent schwartz sauer.

Quant à la kalte schal, on la boit et la mange.
Dans de la bière brune on met du jus d'orange
Ou du jus de citron, du pain noir émiété,
Et nous nommons cela notre sorbet d'été.
— Bien obligé, monsieur, des choses proposées,
Mais la description m'a donné des nausées.
Chacun son goût : ces mets ne seraient pas du mien.
Je payai pour finir ce savant entretien.

Un compagnon de route, allemand de naissance,
Me dit, lorsque je fus joindre la diligence,
Qu'il m'entendit pester contre les voyageurs,
Et leurs écrits remplis de mensonges, d'erreurs :
« Vous, messieurs les Français, vous êtes incroyables ;
Vous prétendez qu'à vous tous peuples soient semblables,
Et pour un déjeuner de pain noir et de sel,
Voilà les Allemands condamnés sans appel.
— Vous parlez sans savoir, vous battez la campagne.
D'abord, qui vous a dit que c'était l'Allemagne ?
A la tête du pont laissant votre pays,
La critique commence au premier pilotis.
— Le premier déjeuner fait dans une bicoque,
Est un objet frappant dont votre esprit se choque.

C'est bien des Parisiens. Quand ils quittent leurs nids,
Que leur trajet s'étend jusques à Saint-Denis,
Considérant le monde avec un microscope,
Ils pensent avoir vu les deux tiers de l'Europe.
Le seul événement de traverser le Rhin,
Vous semble à vous de Cook un voyage marin.
Nous voilà dans la Chine et juste aux antipodes;
Paris est sous nos pieds, admirez ces pagodes!
A deux toises au plus voyez le mont Liban,
Et ces bouts de clochers sont les tours d'Astracan.
Votre léger cerveau se fait une pancarte
Des pays rapprochés, tels qu'ils sont sur la carte;
Vous pensez que l'on peut, comme avec un compas,
Mettre un pied sur Bysance et l'autre sur Damas.
Convenez entre nous, à la raison docile,
Qu'en un mille aujourd'hui vous en comprenez mille.
Comparez en passant ces pays et leurs mœurs,
Ils diffèrent autant qu'ils ont de gouverneurs.
L'Allemagne est à Vienne; et ma belle patrie
Peut voir les nations sans connaître l'envie.
De la France avec nous parlez à découvert,
Vous verrez qu'avec elle on peut aller de pair.

Ce qui n'est pas français vous le nommez barbare;
Moi, je veux vous prouver que l'orgueil vous égare,
Et qu'il faut tout connaître avant de s'aviser
D'avoir un jugement que l'on peut récuser. »
Tout le monde applaudit cette chaude harangue,
Et, seul de mon parti, je ravalai ma langue.
J'avais eu cependant quelque velléité
De demander raison de la témérité.
Il me traitait en sot avec ce persiflage.
Je me tus, car cet homme avait trois fois mon âge.
Nous nous quittâmes tous en entrant à Francfort,
Où c'était, sur ma foi, de plus fort en plus fort.
M'étant rafistolé, je pris certaine lettre
Que l'un de mes amis m'avait bien fait promettre
De porter aussitôt chez son oncle Dermann,
Qui depuis un quart d'heure était fait haedel-mann (1).
Il logeait près du Rhin dans une belle ferme,
Ayant presque partout lac, ou fleuve pour terme.
Son accueil fut charmant; il était enivré
Et de joie et d'honneur jusqu'au dernier degré;

(1) Haedel-mann, homme noble ou homme de l'aigle qui signifie le même chose.

Il allait jusqu'à lire, en cette grande ivresse,
A tous ses serviteurs ses lettres de noblesse.
De tous ses nouveaux droits j'avais ouï la fin;
Mais je n'en fus pas quitte, il me prit par la main,
Et me faisant asseoir me dit : « Cette nouvelle
M'a tellement saisi, que j'en perds la cervelle:
Je m'attendais si peu que notre aimable roi,
Dans ses grands intérêts s'occuperait de moi. »
J'approuvais, en disant des phrases rebattues,
Que l'on dit en ce cas, les premières venues :
« Ces titres vous sont dus, ils ne m'étonnent pas,
Vous les méritez bien... de vous on fait grand cas. »
Père, enfans, serviteurs avaient perdu la tête,
Tous cherchaient les moyens d'avoir une trompette,
Pour avertir d'abord tout le faubourg voisin;
Car c'était mille morts d'attendre au lendemain.
Ployant son parchemin, le déployant sans cesse,
De ma lettre Dermann n'avait lu que l'adresse.
Sa femme avait déjà cet air de dignité,
Qui devient très-plaisant lorsqu'il est emprunté.
Sa fille était gentille, et se nommait Lolotte,
Elle n'avait pas l'air tout-à-fait aussi sotte;

Son œil semblait me dire : Ah ! qu'est-ce la grandeur
Comparée aux plaisirs qui nous viennent du cœur ?
Français intelligent, je compris ce langage,
Et me promis, bien sûr, d'en tirer avantage.
J'étais à réfléchir sur ce tableau riant,
Quand tout à coup arrive une fille en criant,
Vite, vite, un filet. Dans tout ce tintamarre,
Monsieur le chevalier vient de cheoir dans la marre,
Il faisait enrager son cochon favori,
Qui l'a poussé dedans ; et je vole à son cri.
« O comte infortuné ! dit s'exclamant le père,
Fallait-il voir troubler un jour aussi prospère ?
Il n'est donc que trop vrai que l'aile du malheur
Nous atteint et nous frappe au sein de la grandeur ;
L'héritier de mon nom, noble espoir de ma race,
N'est pas même à l'abri d'une telle disgrâce. »
Quelqu'un, sans le connaître, en oyant ces propos,
L'aurait cru descendant du roi des Visigoths ;
Et pour ne pas en rire, il fallait être un ange,
Lorsque le chevalier accourt rempli de fange,
En disant : « Mon papa, ma maman et ma sœur,
Il est, dans tout ceci, moins de mal que de peur ;

Faites-moi préparer des bas, une chemise,
Et débarbouillez-moi de cette bourbe grise.
— Qu'on appelle mes gens, dit le comte, et soudain
Que l'on fasse chauffer un bon verre de vin.
J'espère, chevalier, que ton âme troublée
Se calmera. Demain, nous avons assemblée;
Chaque noble, de moi, doit avoir un billet;
Mais, grand dieu! j'oubliais..., il me faut un cachet!
Il est tard maintenant pour envoyer en ville,
Le graveur est couché, ce serait inutile.
Mon cher monsieur, dit-il en se tournant vers moi,
Vous pouvez me servir dans ce pressant envoi,
Dissiper à l'instant les plus vives alarmes;
Vous avez un cachet sans doute avec des armes?
Daignez me le prêter, aucun ne les connaît,
Et des miennes encor personne n'est au fait.
Je prêtai le cachet; on fabriqua les lettres.
Lolotte et moi penchés sur l'une des fenêtres
De cette même salle où Dermann écrivait,
Y réglâmes un plan que l'amour approuvait.
L'horloge de Francfort déjà sonnait une heure
Lorsque l'on apporta du pain noir et du beurre,

Du fromage à l'anis, du jambon cru salé,
Puis une cruche brune et pleine de café :
C'était là le souper. Je me dis à moi-même,
On n'a pas eu le temps, c'est l'embarras extrême
Qu'a causé la noblesse, et sans doute demain
J'apprendrai la valeur d'un tudesque festin.
Mangeons pour apaiser au moins ma faim canine;
Et pourtant de manger je ne fis que la mine.
Le fromage à l'anis avec le jambon cru
Dès le premier morceau m'avaient déjà repu ;
Je voulus me venger au moins sur le liquide
Quoique je n'aime pas pourtant mâcher à vide;
Mais ce maudit café n'avait que la couleur ;
Je connus en goûtant son amère saveur
Qu'il n'avait jamais vu les côtes d'Amérique,
Et que la chicorée était sa base unique :
Il fit sur mes boyaux un si rapide effet
Que je fus en courant chercher le lieu secret.
Je retourne au salon croyant en être quitte ;
Je m'assieds promptement, me relève plus vîte,
Retourne au cabinet, rentre et sors jusqu'au jour :
A ma colique enfin j'immolai mon amour ;

L'aurore me trouva lui faisant la grimace :
J'avais le ventre creux comme une calebasse !
Le comte se leva juste avec le soleil ;
Il se trouvait en gloire à cet astre pareil.
Il commanda soudain l'exercice à sa troupe,
Qui dans la basse-cour s'était formée en groupe :
Domestiques, cocher, pâtre, palefrenier
Reçurent vingt billets, sans excepter l'ânier.
Tout partit pour Francfort comme on se l'imagine.
Les courriers dépêchés, il fut à la cuisine ;
C'est là que son génie exalté de son rang
Erigea son comté dans une mer de sang.
Ah ! malheureux poulets, pigeons, canards, outardes !
Infortunés chapons ! déplorables poulardes !
N'était-ce pas assez que le fer destructeur
Vous eût bâtardisé comme il fait un chanteur !
Sans prêter son tranchant pour vous couper la glotte,
Et vous mettre en hachis ou bien en ravigote.
Rien ne fut épargné, tout tomba sous ses coups :
Tout le peuple volant vola dans les ragoûts.
On servit le matin le café de la veille.
Dermann me dit : « Nous deux, vidons une bouteille ;

Si nous déjeunons mal, nous en dînerons mieux. »
Puis, il fit cent lazzi qu'il trouvait très-joyeux,
Sur mon *profluvium*. Je perdais contenance;
De Lolotte sur-tout j'évitais la présence;
Mais le sexe est malin, s'il ne vous aime plus,
Prétendre à des égards serait soins superflus;
Car avant le dîner, pendant que l'assemblée
Complimentait Dermann, sur son comté d'emblée,
Elle, aux jeunes beautés narrait mon accident,
Et chacune à son tour riait, me regardant.
Que l'homme est singulier! il brave la malice
De l'esprit pénétrant qui découvre son vice;
Et si d'un ridicule on ose le charger,
Il n'en peut soutenir le trait le plus léger.
Je brûlais de punir les torts de la coupable,
J'en cherchais les moyens lorsqu'on se mit à table,
Où l'on sut me placer entre deux vieilles peaux,
Qui n'avaient de leurs dents gardé que les chicots:
Je ne saurais passer sur cette circonstance,
Puisque j'en ressentis la maligne influence.
Quand on est délicat dans son choix, dans son goût,
Rien n'est indifférent, mais à table sur-tout.

O divin Despréaux ! des rimeurs le modèle,
Prête-moi l'un des bouts des plumes de ton aile,
Pour pouvoir esquisser ce burlesque repas,
Où je mourus de faim au milieu de cent plats.
D'abord, chaque convive avait sur son assiette
Un morceau de carton en guise de serviette;
Car voulant de la mienne assujettir le bout,
Elle glissa par terre et s'y tint tout debout,
Fourchettes et couteaux à manches de bois d'orme
Étaient faits, sur ma foi, de singulière forme;
Le couteau par le bout était et large et rond,
La fourchette à deux dents comme un diapazon.
Ne sachant me servir ni des uns ni des autres,
Je me dis : il me reste encor mes cinq apôtres
Et je les emploîrai; car avec ce *bident*
Et ce couteau de peintre on risque un accident.
A chaque bout de table on mit une soupière
Pleine de soupe à l'orge ou de soupe à la bière.
Dans l'une, l'on avait déchiqueté du bœuf,
On avait lié l'autre avec maints jaunes d'œuf;
Du persil cru haché tapissait la surface
Du très-maigre bouillon qu'on nommait soupe grasse ;

Sur celle de la bière on voyait voltiger
Boulettes de froment que l'on fait pour gorger
Les poules, les pigeons au quai de la Vallée
Et qu'on avait couvert d'une écume emmiellée.
Chacun préconisait ce met délicieux;
Du talent qui le fit on était envieux.
Je voulus y goûter, car il faut tout connaître;
Mais de certain hoquet je ne fus pas le maître.
Je devins si honteux d'avoir parlé si haut
Que je me serais mis dans un trou de blaireau.
Je me contins pourtant et me promis d'avance
De goûter chaque mets avec plus de prudence.
Vint ensuite un bouilli de raifort tout couvert,
Un pâté de pigeons au coulis plus que clair;
Haricots émincés garnis de cotelettes,
Qu'au premier aperçu je pris pour des raquettes,
Tant on avait trouvé l'art de les aplatir,
Pour en ôter le jus, le forcer d'en sortir.
Je goûtai de ce bœuf que la stricte grammaire
Aurait qualifié d'un sexe tout contraire.
Je fus pris par le nez; car ce piquant raifort
Me fit subitement éternuer si fort,

Que trois dames soudain tombèrent en syncope :
Je crus que mon esprit cassait son enveloppe.
Cet éclat fut pour l'une un coup de pistolet ;
Les autres avaient cru recevoir un soufflet.
Je n'osais plus manger de peur de faire pire ;
Ce jour à mes dépens apprêtait trop à rire :
Devant mes yeux passaient canards, poulets, perdrix,
De prunes, de raisins ou d'amandes farcis ;
Dans la sauce nageaient des grains de noir genièvre
Dont on fait parfumer lorsque l'on a la fièvre.
J'en appelle à tous ceux qui connaissent Francfort,
Et je consens à tout s'ils prouvent que j'ai tort.
Après tous ces ragoûts on servit le laitage ;
Moi, pensant que du rôt on ignorait l'usage,
Je me dis, sans rôti l'on dîne quand c'est bon ;
Mais point. Après le lait parut un gros dindon ;
Il était étendu sur un lit de groseille :
Jamais *Verri*, je crois, n'a vu sauce pareille !
On avait pris grand soin de bourrer son jabot
De farine de riz cuite dans ce sirop
Qu'on vend chez l'épicier sous le nom de mélasse ;
J'avais mis l'autre nom, mais ma plume l'efface.

Lorsque le médecin nous donne un vomitif
Il ne l'irrite pas quand il est décisif.
Les renforts du dindon étaient des confitures
Faites de gratte-culs, de prunelles, de mûres,
Cerises au vinaigre et salades au miel,
Cresson couvert de sucre et plus amer que fiel;
Du doux et du salé provenait un mélange
Qui donnait à ces mets le goût le plus étrange,
Le plus bizarre enfin qu'on puisse imaginer:
Aussi je me levai de table sans dîner;
Je ne bus même pas, car il n'était qu'un verre;
Il est vrai qu'il tenait quatre pintes de bière:
Posant une bougie en ce vaste bocal
Il aurait au besoin pu servir de fanal.
Ces détails sont très-vrais, je n'en puis rien rabattre.
N'oublions pas sur-tout que c'est un gentilâtre;
Car la haute noblesse est dans tous les pays
La même qu'à Berlin, à Lisbonne, à Paris.
Mais pour connaître bien les peuples, leurs usages,
Il faut suivre de près tous rangs et tous étages.
Celui qui voyageant juge par les salons,
Peint ce qu'on voit par-tout par des récits trop longs.

Tout convive embouchait le bocal à la ronde,
Grand, petit, jeune, vieux, et propre comme immonde.
C'est un plaisir de boire après objet charmant,
C'est même une faveur que convoite un amant,
De Pékin à Passy, de Montmartre au Caucase,
De pouvoir approcher de ses lèvres le vase
Que deux feuilles de rose ont à peine effleuré.
Mais, je vous le demande, est-il à votre gré
De boire au même bord souillé de mainte haleine,
N'exhalant pas toujours le thym, la marjolaine,
Et de n'oser encor tenter de l'essuyer
Sans passer pour un rustre, un fantasque, un grossier ?
Le repas terminé j'eus une bonne aubaine:
On sait qu'en ce pays, toujours après la cène,
On va faire à la ronde un grand salamalec,
Dire : « *Grand bien vous fasse* », et baiser sur le bec ;
Car, dans la règle, il faut que la chose soit faite,
En baisant sur la joue elle n'est pas complette.
Les vieilles me lorgnaient tout en se rengorgeant,
Il me fallut fournir cet âpre contingent !
Je pris pour commencer, borgne, bossue ou louche,
Réservant les tendrons pour faire bonne bouche.

Comme le papillon posant sur chaque fleur,
Des bouquets du printemps je respirais l'odeur.
J'allai tout lentement savourant cette tarte,
Ainsi qu'au *vingt et un* quand on file une carte;
Et malgré l'accident du cabinet secret,
Je sentis sous ma main plus d'un coeur indiscret.
Je voulus profiter de cette batterie,
M'attachant sur les pas de la jeune Sophie
Qui brillait au milieu du groupe de beautés
Comme un pâté d'Amiens sur vingt autres pâtés.
Cette comparaison pourra paraître étrange,
Mais de similitude il faut bien que l'on change.
Si je la comparais à la reine des cœurs
Enchaînant les Amours et les Grâces leurs sœurs,
A l'astre de la nuit éclipsant la lumière
Des astres semés dru comme une pépinière,
Au diamant enfin sans égal et sans prix,
Tout cela ne serait que dits et que redits.
Je m'en tiens au pâté; car la farce et la croûte,
Et pour qu'il soit moelleux, la sauce qu'on ajoute;
Plus, mille ingrédiens qui le rendent parfait,
Dans l'objet de mes vœux produisaient même effet.

Lolotte me voyant épris de son amie
Me lançait des regards remplis de jalousie ;
Mais pour la mieux punir de son perfide tour
La piquante vengeance assaisonna l'amour.
Première charité commence par soi-même.
Ainsi, malgré les soins, malgré la peine extrême
Que l'ingrate avait pris pour entraver mes feux,
Ma belle n'en tint compte et me rendit heureux.
Le chat est toujours chat, la femme est toujours femme.
Quelques droits absolus que l'amitié réclame,
L'amour-propre domine, et son subtil poison
Étouffe dans tout âge et dans toute saison
Cette flamme du ciel que l'on nous peint si pure.
Donc, l'aimable Sophie, élève d'Épicure,
Sans scrupule et sans bruit se hâta de jouir
Du plaisir passager que je lui sus offrir.
Lolotte sut le fait, on n'en eut que le doute :
Je repris mon cachet et poursuivant ma route
A travers les frimas, la neige, le grésil,
Je vis, voyant Berlin, un beau poisson d'avril.

FIN DU CHANT SECOND.

5

## CHANT TROISIÈME.

Il n'est rien de trompeur comme la renommée.
Et puisqu'on dit toujours « point de feu sans fumée »,
Je dis, grande fumée et presque point de feu ;
La chandelle de près vaut bien moins que le jeu.
Des paillettes, du stras, des pierres de Cayenne
Jaillissent mille éclairs quand on les voit sur scène ;
Mais sot qui veut juger par là de leur valeur,
Elles perdent au jour l'éclat et la couleur.
Je connus ce Berlin, cette ville superbe,
Où comme dans les champs on voyait croître l'herbe.
Ce séjour gouverné par le grand Frédéric
Que Voltaire encensait, ou traitait ric-à-ric ;
Car il connaissait bien, malgré toute l'amorce,
Que l'arbre dans le fond ne valait pas l'écorce ;

Qu'avec un peu de baume un adroit charlatan
Sait vendre ses chansons pour de l'argent comptant.
C'est par tous les secrets que me dit mon grand-père,
Que je qualifiai de brillante misère,
La pompe qu'en tous lieux aux regards on offrait
Lorsque l'essentiel de toutes parts manquait.
Mais quel malin démon vient me faire la nique ;
N'étais-je pas tout prêt à parler politique ?
Je me garderai bien de me donner ces tons,
Et tout en galoppant, reviens à mes moutons.
J'aperçus des soldats, de loin, près de la porte,
Du Mars de Brandebourg c'était une cohorte ;
Je les prenais, avant d'avoir vu leurs tranchans,
Pour des épouvantails que l'on met dans les champs.
On aurait, sans mentir, pu croire qu'une broche
Leur passait de l'anus jusques à la caboche ;
Leurs uniformes courts étaient si fort bridés,
Ne couvrant que leur dos comme lièvres bardés,
Qu'on remarquait d'abord que le roi philosophe
Était prodigue en vers, mais non pas en étoffe.
Leur queue était semblable au manche d'un balai
Qui descendait tout droit de la nuque au molet.

« Wer seind sie? (1) d'un ton dur, dit l'un des capitaines.
— Français, dis-je aussitôt sans prendre de mitaines.
— Ah das ist ein Franzose (2)! — Oui, parbleu, je le suis. »
En prononçant ces mots j'aperçus Maupertuis.
« Comment! vous à Berlin, dit-il; et pourquoi faire?
— J'y viens pour mitonner le bien de mon grand-père.
Mais délivrez-moi donc de tous ces mannequins,
Ou je vais sur-le-champ battre leurs casaquins. »
A mon air de courroux ils se mirent à rire.
Maupertuis m'entraîna; je ne pus que leur dire,
Quand je vis d'un Français qu'ils voulaient s'égayer :
« Rira bien, j'en réponds, qui rira le dernier. (3) »
J'appris que de ces ris l'inextinguible source
Venait de mes cheveux noués dans une bourse,
Que, par dérision, ils la nommaient un sac
Depuis notre peignée aux plaines de Rosback,

(1) *Qui êtes-vous?*

(2) Ah! c'est un Français (d'un ton ricaneur.)

(3) C'est à moi à qui l'histoire est arrivée.

Et, qu'après ce combat, à Berlin ils portèrent
Ce dicton : « C'était là que les bourses sautèrent (1). »
Mais on leur a montré ce que c'était qu'un saut !
Ni le saut de Leucade, immortel par Sapho,
Ou de Niagara le saut de la cascade,
Ne seront comparés à la leste gambade
Qu'ils firent en chorus dans les champs de Jéna :
C'est ce ballet fameux qui leur aliéna
L'esprit, s'ils en avaient, les fit courir plus vîte
Qu'un lièvre quand il sent les chiens à sa poursuite.
J'éprouve un tel plaisir à retracer ce fait,
Qu'il me semble manger ou du miel ou du lait.
J'ai si souvent gémi de leurs propos acerbes,
De leurs fades lazzis et de leurs sots proverbes,
Que, leur voyant donner sur leurs lourds abattis,
J'ai, comme Siméon, chanté *Nunc dimittis !*
Le seul chagrin que j'ai, c'est d'être resté neutre ;
Car mon genou malade, enveloppé de feutre,

(1) *C'était là que les bourses sautèrent.*
« In Rosback haer beitel ham schoënen gesprung. »
J'ai été moi-même vingt fois témoin de cette jactance.

M'empêche par malheur d'avoir part aux exploits ;
Et j'ai bien enragé de fricasser des pois,
Tandis que nos guerriers, mes braves camarades,
Fricassaient des obus, des bombes, des grenades ;
Ils leur en ont flanqué tant et plus, plus et tant,
Que pour un siècle au moins leur dos sera content.
Je m'informe du lieu que mon grand-père habite.
Sa maison, dit quelqu'un, est sise au Moabite (1).
« Comment donc, m'écriai-je, est-il devenu juif?
— Point du tout, reprit-on, il est marchand de suif.
C'est lui seul à Berlin qui fournit la chandelle ;
Il ne faut pas juger du cheval par la selle.
— Marchand de suif! — Sans doute ; et pourquoi ce museau?
Quand c'est avec ce suif qu'il fait bouillir son pot.
C'est depuis cet instant que sa fortune date ;
Il est bien en état de vous graisser la patte.
Contenez votre humeur, et sans vous gendarmer
Laissez couler la chose au lieu de l'enflammer.
Je suivis ce conseil, il était salutaire
Puisqu'on m'avait volé tout le bien de mon père.

(1) Une des banlieues de Berlin.

Le vieux barbon me dit : « Tu viens au bon moment ;
Je m'étais mis en train de faire un testament
Par lequel je léguais mon saint frusquin aux prêtres,
Et tu n'aurais plus tard eu qu'à tirer tes guêtres.
D'après mille cancans je m'étais attendu
De voir dans les journaux que l'on t'avait pendu ;
Car ton histoire ici fit un fameux vacarme ;
C'est un péché bien grand que de tuer un carme.
Ils sont rares mon fils ! J'en étais bien marri ;
Mais je veux t'amener chez le grand prince Henri,
Frère de Frédéric. Va, ni lui ni son frère
Ne t'en voudront du mal ; ils ne les aiment guère.
Ce sont des ennemis de la guimpe et du froc,
Et Voltaire les perd y répondant *ad hoc.*
Alors il s'embrouilla dans un long radotage...
Je le laissai parler flatté de l'avantage
Que ses relations pouvaient me procurer,
Et de l'argent comptant qu'il me fit espérer.
Je vis ce prince Henri, que par-tout on renomme
Pour un guerrier fameux, philosophe et grand homme.
Il me dit : « Artémon, je vais à Nuremberg,
A mon retour il faut venir voir mon Reinsberg ;

Lorsque vous le verrez vous tomberez des nues :
Je sais que les Français nous prennent pour des grues;
C'est un séjour charmant, neuf et rempli de goût ;
Qui vaut tout à la fois Versailles et Saint-Cloud. »
Il était à Berlin alors une princesse
Aimable, quoiqu'elle eût la taille faite en S ;
Elle était polonaise, et plus, riche à millions ;
De la voir fréquemment j'eus des occasions.
Parcourant tous les coins de Grèce et d'Italie,
Ses voyages avaient agrandi son génie :
Elle avait et le goût et le tact du vrai beau ;
Je parus, et soudain je fus son damoiseau.
« Nous ferons, me dit-elle, ensemble la partie :
Ce Reinsberg si vanté pique ma jalousie ;
Les chefs-d'œuvre des arts y sont multipliés,
De toute part on dit qu'on les voit déployés.
J'avais cru qu'excepté les demeures royales,
Aucunes franchement ne pouvaient être égales
A celle que j'habite, où depuis quarante ans
J'ai consacré mes soins, ma fortune et mon temps. »
Quarante ans! quel frisson. Ma conquête nouvelle
N'était pas, on le voit, une jeune baçelle...

Femme n'aime les arts avec acharnement
Que quand elle a perdu jusqu'au dernier amant.
Je l'avais bien trouvée un peu plus que bossue ;
Lorsque le cœur se tait, on n'a pas la berlue ;
Mais son visage était si *peintureluré*
Qu'elle montrait au plus nombre de dix carré ;
D'ailleurs, rien n'embellit comme luxe et richesse.
Si la simplicité sied bien à la jeunesse,
Et si rose suffit pour parure à quinze ans,
A quarante ou cinquante il faut des diamans ;
Ma princesse en avait et de fameuse taille :
Ils étaient plus communs chez elle que la paille ;
Car de paille je crois qu'il n'était pas un brin,
Ayant un lit complet de plumes et de crin.
Mais laissons ce lit là ; c'est une grande histoire
Que je ferai sortir à son tour de l'armoire.
Revenons au voyage entre nous projeté
Que je fis avec elle en un beau jour d'été.
Un marchand de bouquins près de la synagogue (1)
Nous vendit pour deux gros (2) le fameux catalogue

(1) C'est le quartier où l'on vend les livres.

(2) Six sous.

Des miracles semés dans ces superbes lieux.
Nous n'avions à nous deux pas assez de quatre yeux
Pour lire les détails que contenait ce livre ;
La princesse sur-tout en avait l'esprit ivre :
C'était la tour des Vents, le Neptune du Pont,
Le temple du Repos près du célèbre mont (1),
Où Rémus en cachette avait passé sa vie ;
Le temple de Bacchus, la grotte d'Égerie,
Le Phare, le tombeau du grand Virgilius,
Les jardins enchantés du bel Antinous ;
Des plaines de Rosback l'orgueilleuse bataille,
Chef-d'œuvre constaté peint sur une muraille (2)
De cent toises de long en face du château.
Je parlerai plus loin de ce rare morceau.
Chaque ligne du livre offrait une merveille :
C'était un Apollon, figure sans pareille,
Près duquel Apollon, celui du Belvéder,
Paraissait, disait-on, un singe en pet en l'air ;

(1) Rémusberg ou mont Rémus.

(2) Elle était dans le jardin en face de l'appartement du prince. La première chose qu'il faisait chaque jour en se levant était d'ouvrir une fenêtre et de contempler ce vis-à-vis.

Ce bizarre attribut paraît une sottise ;
A-t-on un pet en l'air quand on est sans chemise ?
*Pet en l'air* en ce sens veut dire négligé :
Tout esprit pénétrant l'aurait ainsi jugé.
Plus loin, c'était Vénus, Jupiter et Cybèle,
Saturne, Hébé, Pallas, toute la ribanbelle.
Le seul petit bambin manquait à ce séjour,
Et la philosophie avait banni l'Amour.
La princesse à la fin de la pompeuse liste
S'écria : « Tous ces dieux me rendront athéiste ;
Car s'il en était un (dans mon affliction),
Voudrait-il que Reinsberg me damât le pion ?
De dix mille sequins j'ai tant de fois à Rome
Pour une rareté sacrifié la somme.
Pour ériger un temple à Mercure, à Bacchus,
J'ai donné sans regrets cinquante mille écus.
Plutôt que posséder une chose commune,
J'ai mis presque *à quia* mon immense fortune ;
Et quand je crois avoir trouvé la pie au nid,
Mon succès par Reinsberg se trouve racorni !...
J'abandonne les arts et toutes les statues ;
Que ne sont-elles d'or ! je les aurais fondues,

Et j'aurais au moins pu de ce riche produit
Fixer l'amour et vous dans un charmant réduit.
— Ne vous affligez pas, lui dis-je, ma princesse,
Lorsque vous le voudrez vous aurez encor presse;
Les chefs-d'œuvre toujours trouvent des amateurs.
— Non, mon cher Artémon, ce sont folles erreurs!
Il est passé le temps où le goût des antiques
Moissonnait les sequins, les ducats, les dariques:
L'enthousiasme est mort. Et les colifichets
Des riches d'aujourd'hui sont les maigres hochets.
Nous atteignons enfin le moderne Élysée (1);
Je jugeai dès l'abord de la billevesée.
Le Neptune du Pont, premier objet vanté,
Était un bloc de bois par la hache sculpté;
Il eût été fort bien sur un port pour enseigne;
Il tenait un trident que je pris pour un peigne.
Son corps était doré du bas jusques en haut
Avec ces feuilles d'or que l'on nomme oripeau,
Jouets du moindre vent tant elles étaient minces;
Feuilles qu'on voit encor dans certaines provinces.

(1) Épithète que le grand Frédéric donnait à Reinsberg.

Le dimanche avant Pâque orner le rameau vert,
Et dont sur les tréteaux tout histrion se sert.
Le tombeau de Virgile était une masure
Où le maître d'hôtel servait sa confiture.
Si je dis un seul mot qui ne soit vérité,
Je veux perdre à l'instant le pied qui m'est resté.
Le temple du Repos, sis dans un marécage,
Était fait à peu près comme une grande cage;
Et pour justifier ses attributs divins
Il était tapissé d'un milliard de cousins.
Pour y mettre le pied j'en eus la tête enflée:
La princesse à son tour en sortit boursoufflée.
Sur le seuil j'écrivis en bâtarde ce vers:
« ON GOÛTE DANS CE LIEU LE REPOS DES ENFERS. »
Le temple de Bacchus fait en vide bouteille,
Comme dans chaque vigne il en est à Marseille,
Était plus analogue à la divinité;
Mais on nous la peignait par son mauvais côté.
Ce n'était point Bacchus, ce fier vainqueur du Gange
Qui, le thyrse à la main, conduisait la phalange
Dont les cris ébranlaient les flancs du Cythéron,
C'était tout platement *Bacchus le biberon*,

Qui soûlé du nectar de la sphère divine,
Descendait en ces lieux pour y boire chopine.
Cette description du temple de Bacchus
Le cède en ridicule au parc d'Antinous.
Il était situé non loin d'une vallée ;
Et quand je vous dirai qu'il était une allée
Où son buste cent fois se trouvait répété,
Vous croirez que je ments, et c'est la vérité.
Tous ces bustes étaient moulés en terre cuite,
La même dont on fait pot de chambre ou marmite ;
Et leur rouge couleur vous montrait sans détour
Qu'on les avait mis là tout en sortant du four.
Je n'avais jamais vu de pareille folie
Offrir cent fois aux yeux une même effigie ;
Et l'afficher encore avec prétention,
Du plus bizarre esprit démontrait l'action.
J'y cherchai vainement ailleurs un paradigme (1).
A la fin je pensai que le mot de l'énigme
Était : qu'en ce séjour ce bel adolescent
Au lieu d'un privilége en pouvait compter cent.

(1) Paradigme ; modèle ou exemple.

Le Saturne, l'Hébé, l'Apollon, la Cybèle
N'étaient pas à coup sûr du fameux Praxitèle;
Mais on reconnaissait la main d'un apprentif,
Qu'on eût dû pour salaire enterrer mort ou vif.
La tour des Vents était une haute barrique
Juste au milieu d'un champ ainsi qu'un as de pique.
Quelque rustre en passant, ignorant son renom,
Aurait, sans se gêner, justifié son nom.
Nous vîmes près du lac la fameuse muraille
Où l'on avait plaqué de Rosback la bataille;
Elle était un peu pâle, et la pluie ou le vent
Avaient presque effacé les objets ci-devant.
Par un pressentiment, certain peintre tudesque,
Quoique exposée à l'air, voulut la peindre à fresque :
On ne la distinguait qu'à travers un brouillard,
Et je vis qu'elle allait s'éclipser sans retard.
Il ne nous restait plus qu'à visiter le phare;
Peut-être, dîmes-nous, sera-t-il moins bizarre,
C'est le plus beau morceau, puisque c'est le dernier.
Que croit-on que c'était? C'était un pigeonnier,
Et sans pigeons encor! Il avait une housse
Faite de vieille écorce et de plus vieille mousse;

De peur que son fanal pût éclairer au loin,
On l'avait sur le lac placé dans un recoin;
Des chênes le couvrant de leur haute ramée,
Figuraient des géans à côté d'un pygmée.
Cependant à Reinsberg on s'écriait tout haut,
Que sans crainte de choc il soutiendrait l'assaut
De celui de Messine ou bien d'Alexandrie;
C'était le comble enfin de la bizarrerie.
Ces récits, fussent-ils imprimés sur vélin,
On les croirait le fait de quelqu'esprit malin,
Si je ne me citais pour témoin oculaire.
Une dame en ses vers affiche le contraire;
Elle trouve Reinsberg un séjour enchanté;
Mais les dames, toujours, ont l'esprit exalté.
Quel est donc le maçon qui de talent nous leurre?
Dis-je. On me répondit, c'est un marchand de beurre (1);
De sa ferme, à Reinsberg, il a su faire un saut,
Et se croit, pour le moins, le rival de Pérault.
Il est jeune, tranchant, distingué par le prince,
Et ne craint point ainsi que quelqu'autre l'évince.

(1) C'est la vérité.

Son altesse lui dit que tous ces bâtimens,
Pour la postérité seront des monumens.
«Fort bien, dis-je à mon tour, et le prince est le maître;
Il peut placer la porte où l'on met la fenêtre,
Nommer colonnes, fûts, ces amas de boudins,
En mon particulier je m'en lave les mains.
Et le mont de Rémus? c'est sans doute une fable,
Ou bien conserve-t-on quelque fait véritable?
— Monsieur, c'est un joujou de notre Frédéric,
Et qui pour être grand n'est pas exempt de tic;
Il veut absolument que le père de Rome,
Ait planté dans ces lieux le choux comme la pomme.
Quiconque ose en douter est traité de mauclerc (1),
Voltaire, quoique fin, a fait un pas de clerc;
Il dit que ce récit est de ma *mère l'oie*;
Frédéric en a pris un hépatique au foie.
C'est de là que provient leur refroidissement;
La brouille au fond du cœur date de ce moment.
— On ne peut révoquer, dis-je, de tels oracles,
Reinsberg est bien nommé le séjour des miracles.»

(1) *Ignare*, vieux mot.

De plaisir et d'orgueil la princesse étouffait.
Le prince nous aborde, et très-sûr de son fait,
Nous dit : « Vous avez vu toutes ces bagatelles (1) ;
Comment les trouvez-vous? — D'inventions nouvelles,
Repartis-je aussi-tôt, saisissant le moyen
( Sans positivement dire ni mal, ni bien )
De pouvoir m'en tirer avec les chausses nettes,
Par des discours en l'air, des bibus, des sornettes;
*C'est très-original*, fut le seul compliment
Qu'il put tirer de moi dans cet abouchement.
Ensuite il ajouta d'un air de complaisance ;
Je connais par récits tous vos séjours de France :
Versailles et Saint-Cloud, comme Fontainebleau,
Sans les déprécier, entre nous, manquent d'eau ;
Et vous voyez mon lac ; il est à la Baltique
Ce qu'elle est à son tour à la mer Pacifique.
Trianon, Chantilly sont d'un genre peigné,
Qui dans notre climat fut toujours dédaigné.
Des arbres des jardins aligner le feuillage,
C'est leur ôter la grâce et tout leur avantage ;

(1) A cette tirade, ceux qui ont connu le prince retrouveront son esprit maniéré.

Emprisonner les eaux dans les murs des bassins,
C'est dépouiller leurs bords d'admirables dessins.
Ici, vous le voyez, la nature affranchie
D'entraves, de remparts, s'étend, se multiplie.
Ce chêne tortueux, loin d'affronter les airs,
Courbe sur l'eau son front orné de rameaux verts;
Cette forêt de jets, ces herbes et ces ronces,
Sont préférés par nous à vos roides quinconces;
On peut les comparer à deux jeunes beautés,
Dont l'une a les cheveux bien droits et bien natés,
Laissant à découvert son col et sa figure,
Et les privant ainsi de leur riche parure;
L'autre à cheveux flottans et bouclés au hasard,
Décélant un attrait ou voilant un regard.
La nature en ces lieux est grande, variée,
Et sa marche n'est point par l'art contrariée;
Leur empire est distinct, chacun de son côté,
Se réserve ses droits et son autorité;
C'est ce contraste heureux, et *j'ose dire* unique (1),
Qui fait de mon Reinsberg un séjour angélique.

(1) *J'ose dire* était l'expression permanente du prince.

Je compte voir la France et ses sites fameux ;
Mais je doute vraiment de pouvoir trouver mieux (1). »
Que pouvais-je répondre à sa royale altesse ?
C'était de bonne foi qu'elle était dans l'ivresse.
Chacun connaît ce prince, il n'était pas un sot.
Je saluai, partis, sans répondre un seul mot.
Le soir après souper nous reprîmes la course
Pour aller retrouver le petit-fils de l'*Ourse* (2);
Car tout le monde sait, je pense, que Berlin
Est, quoique policé, le filleul d'un oursin ;
Que *ber* signifie *ours* dans la langue allemande,
Et que ses armes sont un *ours* avec légende.

(1) Le prince nous dit mot pour mot ce que je cite. On sait qu'il était fort pour les allégories et les comparaisons ; mais pour donner de l'importance à ce récit, il faudrait qu'il fût fait par quelqu'un qui eût connu particulièrement le prince, et qui pût retracer sa figure, ses réticences, son accent, ses barbarismes et sur-tout son ton emphatique.

(2) A la place où l'on a bâti Berlin, on trouva un oursin, c'est ce qui lui fit donner son nom qui signifiait petit ours.

Roulant sur le chemin, l'orage nous surprit ;
La lune et son *lugard* firent place à la nuit (1).
Ma mère très-souvent m'avait dit que l'orage
Exerçait sur ses nerfs un terrible ravage,
Et que le boulvari du céleste séjour
Disposait et son âme et ses sens à l'amour.
J'en avais ressenti quelque atteinte légère,
Mais je ne savais pas tenir tant de ma mère :
L'occasion parfois développe dans nous
Des vices, des vertus, des talens et des goûts.
Le mien n'était pas bon, mais il fut despotique,
J'attribuai sa force au pouvoir électrique ;
Douze lustres bien pleins, bosse, tout disparut :
Femme en persévérant atteint toujours son but.
Pris à ce trébuchet je maudissais l'orage ;
Car enfin il n'est point du bon ton ni d'usage
De laisser à l'instant comme on laisse un paquet
L'objet de nos désirs, jeune ou vieux, bel ou laid.
La dame m'observait et devint défiante ;
Si l'on doute à vingt ans, qu'est-ce donc à soixante ?

(1) *Lugard.* C'est cette étoile brillante qui suit la lune.

Elle me dit tout net: « Je ne vous quitte pas.
Je sais que je n'ai plus ces séduisans appas
Qui peuvent ramener ou braver un parjure,
Lui donnant un rival pour venger notre injure.
Je veux vous faire un sort digne d'être envié :
Vous êtes Artémon la chaussure à mon pié ;
Vous viendrez habiter mon château de Pologne.
— Moi, madame, mon poste est dans la Catalogne ;
Un vaisseau m'attend là, frêté pour Gibraltar ;
Je dois joindre mon corps dans trois mois sans retard.
— Ce sont des contes bleus, me dit-elle en colère.
— Je montrai mon brevet pour me tirer d'affaire.
Trois mois... Elle ajouta : ce temps n'est pas trop long ;
Mais puisqu'il est ainsi je prends la balle au bond,
Et pour en profiter au moins jusqu'à son terme
Il faut suivre mes pas et que je vous enferme.
Nous allons arriver dans une heure à Berlin ;
Voyez votre grand-père, et repartons soudain.
— Comment ? — Ne croyez pas tromper ma vigilance ;
*J'ai les bras longs* et sais punir l'indifférence.
Vous sentez ce que peut le vouloir décisif
D'un rang comme le mien sur un marchand de suif.

— Quoi ! vous pourriez, princesse, oser vous compromettre?
— Tout cela, me dit-elle, est un détour de traître ;
J'ai des moyens bien sûrs de disposer du roi ;
Profitez de l'avis, tacet, et suivez-moi. »
Maudits soient les éclairs ! maudit soit le tonnerre !
Qui m'agaçant les nerfs me mirent dans la serre ;
Plus terrible cent fois que celle du vautour !
Le fluide bâtard qui me joua ce tour
S'était évanoui sur l'aile de l'orage,
Et ne m'avait laissé que remords en partage.
Il fallut me soumettre à partir pour l'enfer.
« C'était le pot de terre auprès du pot de fer. »
Si vers mon cher Paris j'avais pris la volée,
Elle eût peut-être feint que je l'avais volée.
Dire la vérité, je craignais les lazzis,
Son courroux, son pouvoir, et sans doute encor pis !
Pour me soustraire donc à l'amer ridicule,
Je dis, de bonne grâce avalons la pilule.
Je feignis à Berlin de partir pour Grodno,
Et plus infortuné que le croisé Renaud,
Sans nul enchantement, sans avenir lucide
Je me vis enlever par mon antique Armide

Qui me barricada chez elle à double tour
Dans un séjour divin, s'il en est sans l'amour.

FIN DU CHANT TROISIÈME.

# CHANT QUATRIÈME.

Le monde sans amour, dit Werther l'érotique (1),
(Qui sur cette matière excellait en logique),
Ne serait qu'une optique obscure et sans reflet :
Ainsi, de l'univers, l'amour est le quinquet.
Qu'importe de manger faisans, perdrix, bécasses,
De mirer ses attraits dans de superbes glaces,
D'avoir au lieu de serge un habit de velours,
Et pour ses serviteurs Tartares ou Pandours.
Tout cela n'est pour moi que de la viande creuse;
Ce n'est que par l'amour que la vie est heureuse,
J'étais près de ma dame en un riche boudoir
Ennuyeux le matin, mais horrible le soir.

(1) Werther. C'est le héros du roman allemand que tout le monde connait.

Les instans consacrés à mon triste hyménée
Retracés sans relâche offusquaient ma journée.
Par un mois de dégoûts il était cimenté
Quand le hasard m'offrit une jeune beauté,
Aux doux yeux de gazelle, à la gorge de plâtre;
Quelque auteur élégant aurait écrit albâtre:
Un mot en vaut un autre; et quand il peint l'objet,
Je ne suis de la langue esclave ni sujet;
D'ailleurs, le plâtre est blanc; si sa pâte est grossière,
Il ne s'agit ici que d'une camérière:
Cette classe parfois offre un morceau friand,
Et si vous en doutez, voyez Pierre le Grand.
Monarque, il aurait pu choisir une princesse,
Depuis son Archangel jusqu'à notre Gonesse;
Mais en fin connaisseur, la servante de Gluck
De l'hymen (qu'il fuyait) lui fit subir le joug.
Ce fut donc par hasard que ma bonne fortune
Voulut me restaurer après cette lacune;
Car dès notre arrivée on avait pris le soin
D'écarter du château tout femelle témoin.
Certain jour me levant aussitôt que l'aurore,
Pendant que mon argus au lit ronflait encore,

De couloir en couloir, de détour en détour,
Je me trouvai porté dans une arrière-cour.
Frappé par les accens d'une voix féminine,
Sortant d'un bâtiment tout prêt de la cuisine,
J'avance. Quel coup d'œil! quel aspect enchanteur!
Qu'on juge du plaisir qu'éprouve un amateur
Qui pris dans un filet, comme brochet ou brême,
Malgré son appétit devait faire carême;
Un groupe de beautés par un soudain effroi,
Poussant des cris aigus se dérobait à moi.
Je le suis; et prenant cet air de noble aisance
Qui distingua toujours les enfans de la France,
Je dis: « Rassurez-vous; je ne viens point ici
Pour vous épouvanter ou vous mettre en souci;
J'étais loin de m'attendre à cette aimable vue;
Car, depuis que je sers votre dame bossue,
J'ai demandé pourquoi ce château palatin
N'offrait à mes regards qu'un être féminin.
Eh! quel être grand dieu! » Un grand éclat de rire
Me prouva que le sexe incline à la satire,
Lorsque pour une femme elle aiguise ses traits
Et que son amour-propre y trouve mille attraits.

« Vous êtes donc celui, me dit la plus jolie,
Pour qui l'on nous a fait quitter l'hôtellerie?
Ce mystère profond souvent renouvelé
Par nos soins curieux est toujours dévoilé.
Que je vous plains, monsieur; votre belle jeunesse
Est éteinte à jamais si vous n'usez d'adresse.
Tant d'autres par la mort ont brisé leurs liens!
Pour parer à ce mal c'étaient les seuls moyens. »
Un frisson me saisit du coccis à la nuque:
« Que plutôt mille fois, dis-je, je sois eunuque
Que de me confiner dans ce pompeux tombeau
Où je ne puis compter que ce moment de beau.
— Vous me faites frémir! dit la jeune Pricille,
(C'est ainsi qu'on nommait cette charmante fille),
J'aurais bien quelque espoir; mais c'est ici le hic;
Le concierge du lieu, le vieil Anselme Cric,
Pour moi depuis long-temps s'est mis martel en tête.
Son seul défaut n'est pas d'être une lourde bête,
Il est ivrogne, sale, il est laid et jaloux,
Et madame a juré qu'il serait mon époux.
Si vous me promettiez, dit-elle en confidence,
Que votre liberté ferait ma délivrance,

Je pourrais, dès ce jour, mettre les fers au feu ;
Mais, de ma bonne foi ne faites point un jeu.
Anselme de ma part exige un sacrifice,
Et pour vous seul je puis avaler ce calice :
Un aimable Français est si fort de mon goût
Que je voudrais à lui tenir par quelque bout.
— Ce projet est divin ! et je vous sollicite,
Lui dis-je, de tenter au moins sa réussite.
Dans le fond du jardin il est certain réduit
Où je vous attendrai, ce soir, juste à minuit.
Pour arriver au mur inventez une échelle
De lacets, de rubans, de blonde ou de dentelle ;
De votre dame ici vous avez les atours,
Coupez, taillez, rognez et les longs et les courts ;
J'ai justement sur moi les crochets de mes bottes,
Liez-les aux deux bouts ; sur-tout point d'anecdotes,
Pas un mot, un regard, nous serions découverts.
Adieu ! je vous attends près des ifs toujours verts. »
Je retournai soudain me mettre dans ma cage,
Résolu de jouer un autre personnage,
De feindre, pour avoir un peu de liberté,
La fièvre poétique et l'esprit exalté.

A pas précipités d'abord je me promène,
Ayant la tête en l'air, retenant mon haleine,
M'arrêtant tout à coup et me frappant le front,
Prenant à pleine main mon nez et mon menton,
Puis, battant de mes doigts un *trillo* sur ma bouche,
Fixant un même point jusqu'à devenir louche;
Bref, singeant tour-à tour mille gestes outrés
Que feignent maints auteurs pour paraître inspirés.
La princesse s'éveille, et déjà mécontente
De voir que du bonjour je frustrais son attente,
D'un ton rempli de fiel, et de son aigre voix
Me dit: « Déjà debout comme une perche à pois;
On dirait que le lit vous donne des ampoules.
— Parbleu! nous nous couchons, dis-je, comme les poules.
Si je me promenais quelquefois dans la nuit
J'aurais plus de plaisir à retrouver mon lit.
— Vous promener la nuit! Quelle est donc cette quinte?
J'ai souvent proposé d'aller au labyrinthe,
Au temple des Soupirs, à Cythère, aux Échos,
Enfin sur tous les points de mon superbe enclos,
Vous rechignez toujours à ce que je propose.
Le proverbe est bien vrai: l'épine est sous la rose.

— Ma petite, mon cœur, vous ne m'entendez pas :
Un peu de solitude a pour moi des appas.
L'amour est bel et bon; mais favori des Muses
Pour les abandonner je ne vois pas d'excuses.
Je suis déjà célèbre : on recueille à Paris
De moi cent impromptus et deux cents pots pourris ;
J'ai fait pour le Pont-Neuf complaintes par douzaines ;
Celle du revenant de la ville de Rennes,
A fait plus de fracas dans le monde chantant,
Que tous les opéra composés par Quetant ;
Car tout est de mon cru, paroles et musique.
De mes productions je puis lever boutique ;
Mais je suis gentilhomme, et c'est pour m'amuser
Que je descends parfois jusques à composer.
Je fais ces petits riens pour empaumer les belles :
Le sexe est à Paris fort pour les bagatelles :
Je laisse *in statu quo* mon latin et mon grec,
Et j'ai peur à la fin de me trouver à sec.
J'aurais mille agrémens dans une nuit tranquille
D'être seul au jardin pour méditer Virgile.
Virgile me ravit si fort par ses tableaux
Que je me prends souvent pour l'un de ses héros.

Je me vois dans Carthage où la facile reine
Donnait au fils d'Anchise un trône pour étrenne ;
Je vois ce qu'il combine, et quels gascons détours
Il cherche pour goûter de nouvelles amours,
Et cette sourde fuite exécuter un treize !
Qui contraignit la folle à se changer en braise,
Plus légère cent fois que celle que l'on vend ;
Car résidu de femme est léger comme vent ;
Puis ces tendres regrets au moment qu'on la grille :
Tu glisses de mes mains, ingrat ! comme une anguille ;
Et lorsqu'en pleine mer lui cria son nocher :
« Prince, l'on voit à Tyr la flamme d'un bûcher ;
On rôtit quelque chose au rempart près la blinde (1) ;
Le vent porte vers nous même une odeur de dinde. »
Le héros dit : Ce mets pour moi n'a plus de prix,
Je n'aime désormais que les macaronis.
Pour ce régal friand je vais en Italie,
Et non pour épouser, comme on croit, Lavinie.
C'est mon but principal, c'est mon unique espoir ;
Mais il faut dire blanc lorsque l'on pense noir.

(1) Terme de fortification.

Le bonheur vous fait-il perdre la tramontane?
Je manderai Tissot. — Il viendra de Lauzanne,
S'écria la princesse ; oui, mon cher Artémon,
Vous êtes, je le crains, possédé du démon.
Si Virgile eût écrit de telles balivernes
On l'aurait envoyé... dans l'île des Lanternes.
Plutôt que de vous voir ainsi déraisonner
Nuit et jour au jardin allez vous promener. »
Je trouvai cette fin très-propice à ma flamme ;
L'épithète enfantine avait touché la dame.
J'ai connu par hasard un marquis bas-normand
Que vieille douairière avait pris pour amant,
En la traitant d'enfant et de petite folle
Il mangea son douaire et sa dernière obole.
C'est un moyen bien sûr, si vous voulez flatter.
Laissez là les vertus qu'on ne peut contester ;
Tant d'autres avant vous en ont fait la louange ;
C'est sur les défauts seuls qu'il faut donner le change,
Prêter les qualités, les charmes qu'on n'a pas,
De femme à son automne exalter les appas,
Du pervers intrigant vanter la bonhomie,
Nommer un médecin le père de la vie,

Traiter de généreux, de prodigue un gripon,
Qualifier de vrai, de modeste un gascon,
Et vous réussirez, je puis vous le promettre.
Non pas que tous ces gens ne sachent se connaître;
Mais ils sont glorieux, croyant en imposer,
Et ne craignent rien tant que de désabuser.
Je feignis tout le jour pour tromper la princesse,
De composer le plan d'une tragique pièce,
Et lui donnai le soir avec plus d'un soupir
Le doux baiser de paix qui la fit endormir.
Sans paraître pressé j'attendis que Morphée,
De ses divins pavots l'eût dûment empaïée,
Et je fus me poster au lieu du rendez-vous.
L'horloge du château complétait douze coups,
Quand sur le haut du mur j'aperçus ma Pricille.
Qu'amour a de pouvoir sur l'esprit d'une fille!
L'échelle était parfaite, et le plus fin voleur,
N'en serait pas sorti mieux qu'elle à son honneur.
Je lui donnai la main pour l'aider à descendre
Et lui fis un accueil plus que vif, et que tendre.
Ensuite elle me dit: « Mon ours est muselé;
J'ai parlé, caressé; tout est prévu, bâclé.

De mes promesses, Cric, voulait avoir un gage;
Mais j'ai su le remettre au jour du mariage,
— Qui ne se fera pas, repartis-je aussitôt;
Ma Pricille n'est pas gibier pour ce magot.
Tu m'accompagneras à Berlin dans ma fuite,
Où je pourrai t'offrir chez mon grand-père un gîte.
Je vais de mon côté bien mûrir ce projet,
Et dès demain je veux assurer son effet,
En mettant de côté des vins, des liqueurs fortes,
Pour forcer le cerbère à nous ouvrir les portes,
Sans pouvoir remarquer que trahi dans ses feux,
En ouvrant pour un seul, il ouvrira pour deux.
Cependant, mon amour! une crainte m'arrête;
Des filles que j'ai vues je redoute l'enquête:
Il faudrait pour nous mettre à l'abri du danger,
Dans un piége commun savoir les engager;
Que chacune à son tour se servît de l'échelle:
Car elles ont bien vu que te trouvant plus belle,
Je t'avais préférée; et le sexe en ce cas
Se livre à son instinct et ne pardonne pas.
La langue va bon train chez la femme jalouse:
Et si l'une se tait comment compter sur douze? »

Avant que mon discours fût à moitié chemin,
Pricille avait déjà deviné mon dessein.
« Méchant, s'écria-t-elle, est-ce ma récompense!
Et qui nomme Français nomme donc l'inconstance.
Mais que faire à présent, il faut bien obéir :
Sur un point seulement n'allez pas me trahir.
—Ne crains rien, mon cher cœur, mon bijou, ma mignonne,
Tu ne pâtiras pas d'avoir été trop bonne.
Une fois esquivé de ce château fatal,
Tu m'auras en portrait comme en original. »
Soumise elle s'en fut regagner son échelle ;
Moi, je fus retrouver mon Ésope femelle.
L'espoir du lendemain et le plaisir du jour
Me firent reposer dans le sein de l'amour :
« Eh bien, dit, le matin, l'éternelle princesse,
Qu'avez-vous enfanté? lizez-moi cette pièce.
— Enfanté ; pas encor, ma belle, il faut du temps.
Quand tout sera conclu vous verrez mes enfans;
C'est à vous qu'ils seront en chef et sans partage;
De leur père éloigné, qu'ils vous offrent l'image.
Mais il faut la douzaine, autrement ce cadeau
Ne serait, selon moi, ni complet ni nouveau.

— Douze pièces d'un trait? quel est ce ridicule?
Vous voulez donc marcher sur les traces d'Hercule?
— Dieu m'en garde ! mes faits sont travaux naturels,
Et je ne me mets point au rang des immortels.
Vous verrez à loisir les œuvres de mes veilles,
Et vous les trouverez à mille autres pareilles. »
Pour détourner le lièvre et bannir tout soupçon,
Il fallut bien changer de manière et de ton.
Je jouais avec elle aux dés, au wisk, aux quilles,
Je devidais son fil, j'enfilais ses aiguilles;
J'étais aux petits soins; pendant qu'elle mangeait,
Je lui grattais le dos quand il lui démangeait.
Chaque soir je trouvais le prix de ma contrainte,
Près d'une beauté neuve, et dans sa douce étreinte,
Ce jardin qui tout nu m'avait paru si laid,
Devint le paradis rêvé par Mahomet,
Excepté que le sien est un tissu de fables,
Et le mien renfermait des houris véritables.
Les douze jours passés, car tout passe et finit,
Le bien comme le mal, dettes comme crédit,
Me voyant sur le point de quitter la demeure,
J'enjôlai ma moitié, c'était sa dernière heure,

Et joyeux de m'en voir bientôt débarrassé,
Je lui dis de bon cœur : *dormiet in pace.*
Quand je vis que ses sens étaient calmes, tranquilles,
Je fus prendre le vin et la liqueur des îles,
Que j'avais su cacher en un petit réduit;
Et gagnai le jardin juste au coup de minuit.
Arrivé près du mur je vis pendre l'échelle,
Ma Pricille à côté posée en sentinelle.
Elle avait en secret fait seller un cheval
Qui devait nous attendre auprès de l'arsenal.
Nous franchîmes le mur, gagnâmes la cahute
Où nous attendait Cric, cette espèce de brute.
Je l'embrassai d'abord pour le remercier,
Et lui dis : « Nous boirons le vin de l'étrier. »
Pricille l'accablait par de feintes caresses,
Et me montrait combien les femmes sont traîtresses!
Car elle y savait mettre un air de vérité
Qui me fit, quoique sûr du plan prémédité,
Craindre plus d'une fois que l'on me prît pour dupe :
Je vis que ce talent n'appartient qu'à la jupe.
Enfin, je remplis tant les verres coup sur coup
Que le concierge eut peine à se tenir debout.

Un ceinturon d'acier fermé d'une serrure,
Dont la clef se trouvait déposée en main sûre,
Était la ferme base où tenait un anneau
Qu'enlaçait une chaîne où pendait le trousseau.
J'aurais bien défié l'esprit le plus habile
De trouver quelque biais, car j'en inventai mille;
Et si Cric n'avait point favorisé nos vœux,
Le seul moyen était de le scier en deux.
Non, Silène jamais ne fut rond de la sorte;
Le voyant chanceler, sur mon dos je l'emporte
Et le pose tout droit devant l'huis de l'enfer;
Il tombe sur le sol les quatre fers en l'air.
Eh! comment ferons-nous, dis-je bas à Pricille?
La serrure se trouve à moitié de la grille.
A quoi nous ont servi la ruse et le détour,
Le chaînon de ces clefs est de trois pieds trop court!
Cric répétait souvent: « Apportez-moi ma chaise,
Pour ouvrir le verrou que je sois à mon aise.
Je tremblais d'aller prendre une chaise au logis;
Nous pouvions, en tardant, risquer d'être surpris.
Mais, dépêchez-vous donc! criait le vieux cerbère,
Comme on crie en sortant du ventre de sa mère.

Je le saisis au corps, l'élève dans mes bras
Pour que du moins la clef se joigne au cadenas;
Tandis que d'autre part ma Pricille avisée
S'élance sur la grille ainsi qu'une fusée,
Met la clef. Le ressort s'échappe, est entendu :
On accourt; nous fuyons, et Cric reste pendu
Par la chaîne de fer à la clef de la grille;
Il a l'air d'un hamac qui va, vient et brandille;
Il beugle à pénétrer le timpan des plus sourds :
Nous remarquons de loin qu'on lui porte secours.
Enfourchant lestement notre forte monture,
Nous piquâmes des deux, allant à l'aventure.
Le cheval enfilant un bois des plus fourrés
« Quatre à quatre en courant marquait ses pas ferrés. »
Bien sûrs qu'on n'irait pas réveiller la princesse,
Cric ayant pour parler la langue trop épaisse,
Nous fîmes une halte au lever du soleil,
Congratulant Pricille en pompeux appareil;
Puis gagnâmes Berlin d'une course légère,
Où je mis ma conquête aux mains de mon grand-père.
Je la rebaptisai pour calmer son effroi,
Car elle redoutait la princesse et le roi.

Naguère, il avait fait un tour de passe-passe
A certain intrigant chargé de sa disgrâce;
Pour avoir obéré le successeur royal,
Il l'avait fait jeter dans le fond du canal (1).
Moi, qui ne nage pas aussi bien qu'une anguille
Je me dis : c'est trop cher acheter une fille.
La trompette m'appelle, oublions les amours,
Ma fabrique, la Prusse et ses topinambours.

(1) Saint Huberti. Après l'avoir renvoyé trois fois de Berlin, il découvrit qu'il y était caché; qu'il voyait chaque jour le prince royal, qu'il lui procurait de l'argent à un prix exorbitant, ainsi qu'autre chose. Il le fit mettre dans un sac de cuir et jeter dans la Sprée, d'où il se sauva à la nage; le sac dans sa chute s'étant ouvert.

FIN DU CHANT QUATRIÈME.

## CHANT CINQUIÈME.

On croit, sans réfléchir, quand un roi nous protége,
Que sa protection donne tout privilége.
Il est après le roi tant d'autres roitelets!
Et le maître n'est rien, si l'on n'a les valets.
De ces temps éclipsés telle était la méthode;
Mais à ce code ancien succède un nouveau code.
Heureux ceux qui sont nés quelques lustres plus tard!
Ils dorment à l'abri d'un solide rempart.
Je fus en arrivant saluer le ministre,
Qui me reçut d'un air et d'un regard sinistre.
« Pourquoi n'êtes-vous point, dit-il, à votre corps?
— Monseigneur, vivement lui repartis-je alors,
J'ai le temps qu'il me faut pour joindre mon escadre.
— Ma foi, vous croyant mort on a changé le cadre.

Voyez mon secrétaire, il vous en dira plus ;
Mais je crains qu'en ceci vos pas ne soient perdus.
— Comment ! lorsque le roi par un brevet me nomme...
— Le roi, le roi, le roi, de ce nom l'on m'assomme.
Sa facile bonté remplit tous mes tableaux,
Et c'est à chaque instant des protégés nouveaux. »
Il tourna les talons après cette algarade.
Je fus voir son bras droit, on me le dit malade.
« Quand puis-je repasser, dis-je à son truchement ?
Qui m'avait l'air plus fier que l'empereur Trajan.
— Monsieur, je n'en sais rien ; mais de long-temps je pense. »
Cette phrase échappée, il garda le silence.
Le sang me bouillonnait, et je pensai, ma foi,
Que j'aurais moins de peine à m'approcher du roi.
Sans faire de paquet, je partis pour Versailles
Plus leste que Vestris n'est dans ses passe-cailles.
A la première cour je me vois arrêté.
« Que veut monsieur? dit-on. — Moi, voir sa majesté. »
On se parle tout bas, on se moque, on ricanne.
« Monsieur vient du Japon, de la Louisiane,
De la Nouvelle-Zemble, ou d'un monde inconnu ?
De penser que le roi parle au premier venu ?

— Je le connais beaucoup ; chacun peut vous le dire.
Je suis cet Artémon qui le fit un jour rire
Plus fort que de sa vie il n'avait jamais ri.
— Nous ne comprenons rien à tout ce pot pourri.
— Comment donc, pot pourri ? Quelle est cette épithète ?
— Point de propos ; ici toute langue est muette.
Vous ne le verrez point ; il faut vous retirer,
Ou pour l'avoir fait rire, il vous fera pleurer. »
Je sortis en disant : très-auguste monarque,
Voilà donc à ta cour comme on conduit la barque.
Ton cœur juste, clément et rempli de pitié
Des maux de tes sujets ignore la moitié.
Les dragons qui gardaient les fruits des Hespérides
N'étaient rien comparés aux mouches cantharides
Qui piquent tes enfans lorsqu'ils osent parfois
Jusqu'au trône élever leurs suppliantes voix.
Je revins à Paris étouffant ma colère ;
Pour manger des gâteaux, je passai par Nanterre ;
Et là me reposant sous un ombrage frais,
Je vis, pour réussir, quels moyens j'emploîrais.
J'avais deux cents louis dans une bourse neuve,
Avec eux, je me dis, il faut faire une épreuve.

J'en mis en arrivant chez moi le même soir
La moitié dans ma poche, et l'autre en mon tiroir.
Sûr de ne rien gagner auprès de la lettre L. (1),
Je m'enquis d'un commis tenant la manivelle;
A sept heures encor il était à dîner.
On me dit dans huit jours qu'il faudra retourner.
« Monsieur, dis-je au laquais glissant l'argument jaune;
Dans sa main dès long-temps paralysée en cône,
Je voudrais, s'il se peut, lui parler à l'instant.
— Vous paraissez, dit-il, un assez bon enfant;
Attendez au salon pendant que monsieur mange,
Car il est furieux si quelqu'un le dérange.
Je m'en vais lui servir le dessert sans retard,
Et vous lui parlerez dans une heure au plus tard. »
Est-ce bien moi, pensé-je? un fils des Armadilles
Reçu comme on reçoit chien dans un jeu de quilles;
Faire le pied de grue au salon d'un commis,
Quand, naguère, en sa cour le roi m'avait admis.
Une heure se passa, puis deux autres pareilles
Dans les ris, les éclats, les verres, les bouteilles.

(1) M. de la L..., ministre.

Enfin, tout a son terme, et je l'ai déjà dit.
On se leva de table, et mon homme me vit.
« Que voulez-vous, monsieur? et pour votre service
Que puis-je? me dit-il. — Venger une injustice.
Je sais votre influence et je m'adresse à vous:
Vous devoir mon bonheur me semblerait bien doux.
Je suis noble et me nomme Artémon d'Armadille;
C'est moi dont le procès causa tant de bisbille.
— Quoi! c'est vous qui du carme osâtes... — Oui, ma main
Fit à ce scélérat passer le goût du pain.
Le roi me pardonna, sûr de mon innocence,
Joignant à ses bontés, argent et lieutenance.
Le ministre m'a dit qu'on m'avait remplacé;
Mais par vous mon rival pourrait être évincé:
Car, si sans dire gare il s'est mis à ma place,
On peut bien l'en ôter sans avis ni préface.
— Me croyez-vous, monsieur, fait pour falsifier
Un état que mon chef daigne me confier?
— Moi, grand dieu! Point du tout: et votre renommée
Jusque dans la banlieue est trop bien confirmée
Pour qu'on puisse sur vous former pareil soupçon;
Votre stoïque esprit vous fait nommer Caton.

Mais il est un moyen : mon rival n'est pas riche,
Et pour donner de l'or je ne suis jamais chiche;
Pour traiter avec lui j'aurais besoin d'un tiers ;
Je crains et sa jactance et ses discours altiers.
Je sais qu'il est neveu du premier secrétaire :
Un tel appui, je sens, peut rendre téméraire.
Il pourrait s'oublier ; je le mettrais au pas,
Et je dois plus qu'un autre éviter les éclats.
On me qualifierait de ferrailleur, de crâne ;
Je serais le sujet de plus d'un coq-à-l'âne.
Mon adversaire, on dit, redoute les hasards,
Ce n'est que malgré lui qu'il suit les étendards.
Je m'en vais à l'instant vous remettre une somme
Que je saurai doubler pour décider mon homme.
Daignez en ma faveur vous charger du projet,
Afin que pour de l'or il troque son brevet. »
Le commis qui, d'abord, avait l'air roide et noble
Devint souple soudain comme un gant de Grenoble.
Je crains bien, me dit-il, de ne pas réussir ;
Mais je puis l'essayer pour vous faire plaisir.
Je riais en sortant de voir par quel manége
J'avais su, pas à pas, l'entraîner dans le piége ;

Car je ne connaissais ni neveu ni rival;
Je voulais le brevet, lui voulait le métal.
Ce n'est rien de donner, il faut avec adresse
Même avec un fripon parler délicatesse.
Un brevet en huit jours dans mes mains fut remis,
Et, content, je comptai les autres cent louis.
Je partis de Paris dans la saison des brumes
Etant chargé d'argent comme un crapeau de plumes.
Voulant me reposer deux jours à Perpignan,
A l'auberge où j'étais je trouvai Saint-Aignan
Qui venait d'arriver seul des bains de Barrége;
Nous étions tous les deux compagnons de collége:
Ayant mille ducats, il m'en offrit cinq cent.
Je voulus refuser; mais il fut si pressant
Qu'il eût pris à la fin mon refus pour outrage.
J'augmentai sur-le-champ mon trop maigre équipage.
Mon gousset rebondi, je suivis mon destin,
Et fus me présenter à l'amiral d'Estaing.
Me trouvant sous ses lois ferme, docile et brave
A mon ardeur guerrière il ne mit point d'entrave.
On ne faisait sans moi nulle expédition;
Mais comme le vent change, un vaisseau d'Albion

Vint en force attaquer l'une de nos frégates.
Nous étions sur le pont rangés comme des lattes,
Quand un leste boulet s'en vint du même coup
Déloger mon voisin et casser mon genou.
Byron prit la frégate, et par le droit de guerre
Elle fut au printemps conduite en Angleterre.
On m'y coupa la jambe; et je dis à Lebrun
Au lieu de deux souliers il ne m'en faudra qu'un.
Ce Lebrun était blond, et gascon de naissance;
Il faisait le beau fils et l'homme d'importance.
« Quand j'étais à Paris, dit-il, votré merlan,
J'ignorais posséder un si famu talent.
Un Anglais m'engagea pour soun balet de chanvre,
Parcé qué jé sabois fairé la poudre à l'amvre.
En passant par Calais il mangea tant, tant but
Qu'au milieu dé la nuit dans mes vras il mourut.
Jé troubai sous ma main quantité de guinées
Pensant vien qu'abec joie il me les ut données
S'il abait bu les pleurs qué mé causait sa mort.
Jé dis, *primo mihi*, prénant lé cofré-fort,
Abec lé paquébot jé trabersai la Manche,
Arrivant justément à Londrés un dimanche.

Jé m'en bins chez sa mère, et lui fis un récit
Si confus, si vrouillé qu'elle en perdait l'esprit.
Jé prétois à soun fils un millioun de frédaines,
Dettés par quartérous, maitresses par douzaines,
Et j'arrangeai si vien mou impromptu roman
Qué j'abais dé més fonds payé l'entérrément.
Elle mé démanda cé qué jé boulais faire.
Lé métier de dotteur sul, dis-je, put mé plaire;
Car étant à Paris l'émulé dé Déssault,
Avec tous bos Anglais jé puis vien faire assaut.
Par sés soins, dés cé jour, j'eus quaranté pratiques,
Jé donnai hardiment des séancés puvliques;
Enfin, jé disais tant que j'étais un phénix,
Qué jé fus sans ribaux dépuis l'*a* jusqu'à l'*x*.
Jé puis bous procurer ici quelque abantage,
Sans quoi bous mangeriez du pain et du fromage;
Car la soldé qu'on donne aux paubres prisonniers
Les réduit à pâtir et pupler les grepiers.
— Je dis au carabin, oyant cette préface,
De vos intentions, monsieur, je vous rends grâce.
— Ah! bous faités lé fier, dit-il; tant pis pour bous;
Serbiteur, serbiteur, restéz abec bos poux.

Quand, au bout de trois mois, je me sentis ingambe,
Je fis chez un tourneur emplette d'une jambe.
En allant visiter *Hidepark* un matin,
J'y vis un professeur de grec et de latin
Qui venait très-souvent dans mon hôtellerie.
Il me fit compliment sur ma jambe guérie,
Ou du moins amputée, et d'objets en objets
Il sonda mes besoins, mon savoir, mes projets.
Me trouvant des moyens, il me pressa d'écrire;
Quoique l'on ait tout dit, il reste tant à dire,
Ajouta-t-il gaîment: c'est ici le pays.
Je vous offre chez moi la table et le logis.
Écrivez, écrivez sur la philosophie;
Chez mes concitoyens elle devient manie;
L'Anglais est philosophe, ou veut l'être par ton,
Jusque chez un *wachmann* vous trouverez Newton.
Je suivis son conseil, mis la main à la plume,
Et chaque mois portait avec lui son volume.
Je voyais arriver argent frais chaque jour,
Mais il partit bientôt sur l'aile de l'amour.
En face du logis une jeune écossaise
Au corsage élégant, aux yeux chauds comme braise,

Lorsque je me montrais me lorgnait constamment:
Le diable me poussa, je devins son amant.
Elle me débitait avec l'air d'innocence
Qu'une file de maux faisait sa décadence;
Qu'elle était d'un sang noble, et qu'un certain procès
L'avait conduite à Londre attendant le succès.
Je lui donnai d'abord bas, robes et chemises,
Car celles qu'elle avait pouvaient passer pour grises;
Puis, meubles et bijous, dentelles, diamans,
Ce que donnent enfin tous les benêts d'amans.
Au lieu de réfléchir que femme qui nous aime
Se contente de lait et se passe de crême,
Qu'elle se vêt de toile en place de satin,
Que pour plaire l'amour n'a pas besoin d'écrin,
J'y portais tout l'argent que donnait le libraire:
Il fallait voir rouler le vin, la bonne chère!
Ce libraire étonné de ma fécondité
Me dit: « Il faut qu'au moins ceci soit débité:
Votre nom seul bientôt remplira ma boutique;
Si vous travaillez tant vous deviendrez étique.
Reposez-vous, monsieur; j'ai pour plus de trois ans
De vos productions, histoires ou romans. »

Je fus trouver ma belle et lui dis l'aventure.
A ce discours je vis renverser sa figure.
« Comment ferai-je donc ? dit-elle froidement,
Il faut bon gré malgré chercher un autre amant.
— Pourquoi ? N'avons-nous pas des ressources à l'ombre ;
Vous avez des bijoux et diamans sans nombre ;
Nous les vendrons demain, et quand le temps viendra
Je vous en donnerai qui vaudront bien ceux-là.
— Vous moquez-vous de moi, me répondit la belle ;
Le propos est gaillard et la chose nouvelle ;
Que je vende demain diamans et bijoux ?
Mais l'on m'enfermerait à la maison des fous.
— Quoi ! c'est là le retour promis à ma tendresse ?
— Artémon, sans argent on n'a point de maîtresse.
Si l'amour sans fortune enchaîne quelquefois,
Ce n'est pas quand on porte une jambe de bois.
Mon cousin me demande, il faut que je vous quitte,
Que ce soit aujourd'hui la dernière visite.
Tom ! Jack ! fermez la porte, et dès cet instant-ci
Je n'y serai jamais pour monsieur que voici. »
Elle met sur son bras un schall de cachemire ;
C'était l'un de mes dons ! et se mourant de rire

Va joindre le cousin et vole à l'opéra.
Moi, je rentre au logis dire *mea culpa*.
Comme j'étais debout devant mon baromètre
On frappe. De la poste on m'apporte une lettre
Qui me donne l'avis que mon grand-père est mort,
Et qu'il me déshérite en faisant un beau sort
A sa nouvelle épouse, aimable polonaise,
Parce qu'il avait lu, dit-on, dans la Genèse
Que la femelle au mâle était corps inhérent,
Et que son droit passait avant fils ou parent.
Eh bien ! encore un tour joué par une femme,
Et c'est moi, moi benêt qui fis cette amalgame.
Aurais-je pu penser que ce vieux sapajou
A quatre-vingt-deux ans eût besoin d'un joujou ?
J'avais cru remarquer que Pricille était fausse,
Mais je n'aurais pas cru qu'elle en vînt à la noce ;
Elle pouvait ravir une part de mon bien
Sans prendre la pelote et ne me laisser rien.
Me voilà bien planté ! je n'ai plus de grand-père,
Plus d'argent, plus d'amour, pas même de libraire !
Le professeur sachant ma prodigalité
Vint me dire à son tour : « Vous avez mérité

Le sort qui désormais rend votre âme inquiète.
Sortez de ma maison sans tambour ni trompette ;
J'ai fille à marier, et pour le *conjungo*
On ne prend point de femme avec mauvais chapeau.
Sur votre niaiserie à bon droit on ricanne,
Parce qu'une drôlesse a pris le nom *Lindane* (1) ;
(Nom que dans nos climats on ne connut jamais,
Quoique Voltaire enfin le décrète écossais.)
Vous avez cru que droit elle sortait d'Écosse,
Justement comme un pois quand il sort de sa cosse,
Cette fille est connue à l'égal du loup blanc ;
Elle vendait jadis épingle, fil, ruban.
Pour Londres c'est fini : bref, partez pour l'Irlande ;
De fameux professeurs je connais une bande,
Un sur-tout qui revient récemment de Québec,
Il vous procurera quelques leçons de grec.
Pour faire le chemin prenez ces cent guinées,
Et vous me les rendrez lorsque les destinées
Pourront vous en fournir sans gêne le moyen :
De Kilcrine, moi, je vais voir le doyen ;

(1) Nom de l'Écossaise de Voltaire.

Son crédit à Dublin pourra vous être utile.
Partez, je vous le dis en un mot comme en mille. »
Je m'en fus en Irlande, et demeurai trente ans
A faire le métier que font tous les pédans;
Dans le grec, le latin je fis plusieurs élèves;
Mes beaux jours éclipsés me paraissaient des rêves.
Sortant de ma coquille ainsi qu'un escargot,
« A la fin, dis-je un jour, suis-je devenu sot?
Mon cœur faisait toc toc au nom de ma patrie;
Je sentis du pays croître la maladie.
Si je lisais les noms de Saint-Cloud, de Meudon
J'étais si transporté que je dansais en rond:
Connaissant un marin qui partait pour Cancale,
Je lui dis, cachez-moi de grâce à fond de cale,
Puisque dans ce pays on a pu m'oublier.
— On a bien, me dit-il, d'autres pois à lier
Que de penser à vous. Vous attendez la guerre
Pour prendre le projet de quitter l'Angleterre?
Il faut que vous ayez l'esprit bien rétréci
Pour demeurer trente ans dans ces montagnes-ci;
Vous serez étranger en arrivant en France,
Vous n'y trouverez plus aucune connaissance;

Paris est si brillant que vous deviendrez fou
D'avoir été niché comme un rat dans un trou.
Allons, ressuscitez, chassez-moi votre spline (1),
Car d'avoir ce mal-là vous avez bien la mine.
Sortez de vos brouillards, de l'odeur du charbon,
Retournez promptement, ou je vous fais faux bond. »
Je fus à mon logis préparer ma valise,
Et brûlant de revoir cette terre promise,
Je revins me cacher derrière des ballots,
De l'officier du port craignant les vertigots.
Le zéphir déploya légèrement la voile
Qui, selon l'ordinaire, était de grosse toile.
Nous entrâmes en rade à Cancale au mois d'août
Où je mangeai d'abord des huîtres tout mon soûl.

(1) Je sais bien que ce mot s'écrit *spleen*; mais pour la prononciation il faut l'écrire comme ci-dessus.

FIN DU CHANT CINQUIÈME.

## CHANT SIXIÈME.

À l'homme sans talent le cachot est propice ;
Tel passe pour homard qui n'est qu'une écrevisse ;
Quand tout est pêle-mêle et sens dessous dessus
Le sot est triomphant, le mérite perclus ;
L'intrigue à pas secrets ou s'étayant d'audace,
Le renverse sans peine et se met à sa place,
Écrase le savoir dont la timidité
S'épouvante du bruit, redoute la clarté ;
Il faut, armé d'un front qui brave la tempête,
Au plus audacieux répondre et tenir tête,
Conjurer la cabale avec un cri perçant ;
A qui vous montre dix, il faut riposter cent.
Ce n'est que maintenant que je vois ma sottise !
L'expérience vient quand on a barbe grise.

Me voilà donc enfin dans ce fameux Paris,
Au sol toujours boueux, comme au ciel toujours gris ;
Mais malgré cette boue et cette sombre teinte
Des plaisirs de tout genre il n'est pas moins l'enceinte :
Le jour un peu voilé sied mieux à la beauté,
Et quand on a voiture on n'est jamais crotté.
Je fus voir mon ami l'abbé Jacques Delille,
Et je le saluai par un vers de Virgile.
De ses yeux aussitôt il jaillit un éclair,
Que je crus un instant qu'il voyait encor clair.
Ayant été jadis camarades de classe
Il rappela sans peine avec beaucoup de grâce
Nos travaux et nos jeux, notre vive amitié,
Puis il me récita deux chants de la Pitié.
Je lui fis à mon tour part d'une tragédie ;
Il trouva dans le plan du nerf et du génie,
Me donna des conseils sur des vers négligés :
Tous ceux qui fléchissaient furent soudain changés.
Comme on peut bien le croire, enflé d'un tel suffrage,
Je courus sans tarder présenter mon ouvrage,
Croyant que devant moi portes allaient s'ouvrir ;
J'étais, quoique boiteux, plus léger que Zéphir ;

Mais je trouvai par-tout accueil froid, triste mine.
L'un avait mal aux dents et l'autre à la poitrine,
Un troisième la goutte. On prenait mille biais
Pour se soustraire à moi sans m'entendre jamais.
Je revis mon patron, lui racontai ma chance;
Il en fut indigné, m'obtint une séance.
Je lus ma tragédie et ne vis que censeurs.
J'étais expédié lorsque l'un des acteurs,
Homme à talent, instruit, vint après la lecture
Me dire : « Quittez donc cette sotte figure.
Si vous avez ainsi le ton d'un écolier
Ces gens comme à leurs *mops* vous mettront un collier.
Sans vous flatter, je dis que votre pièce est bonne,
Et je veux qu'on la mette encore avant l'automne :
Tous ces grands juges-là seraient moins impudens
Si vous aviez le cœur de leur montrer les dents.
— L'amour-propre n'est pas, dis-je, en mon caractère.
— Eh bien ! sur moi, dit-il, je prends toute l'affaire. »
Il s'en fut droit au groupe, et d'un ton résolu
Demanda l'arrêté sur cet ouvrage lu.
« Ma sentence, dit l'un, ne sera pas douteuse ;
Je n'entendis jamais pièce plus ennuyeuse.

L'autre ajouta : le plan est bien plus que commun,
Et pour des vers saillans je n'en trouve pas un. »
Un petit incroyable à perruque bouclée
Près d'une jeune actrice à tête écervelée
Lâchait cent quolibets, et disait assez haut :
« Gare, gare les parts, je les vois à-vau-l'eau.
Faire une pièce, on croit que rien n'est plus facile,
On en fait tous les ans sans mentir plus de mille;
Sur mille, il en est dix au plus que l'on admet,
Et sur dix, neuf au moins sont moules à sifflet.
Les talens constatés pour le prix de leur peine
Doivent sans concurrens s'emparer de la scène;
S'il s'en trouve un passable en ces nombreux essais,
Pour un il en faut donc avaler cent mauvais?
— Est-ce tout, dit l'acteur avec des yeux de flamme?
Complotez, refusez, je jure sur mon âme
De ne jouer ici de rôle quel qu'il soit
Au talent qui paraît, avant qu'on n'ait fait droit.
Ma résolution sans doute vous défrise,
On n'abat pas le cerf toutes les fois qu'on vise.
Serviteur. A l'instant je quitte le plancher;
Si l'on donne la pièce on viendra me chercher. »

Je sortis sur ses pas, tremblant de son audace.
« Vous ne connaissez pas, me dit-il, cette race!
Ce que je viens de dire abaissera leur ton,
Et sous la peau du tigre on verra le mouton.
Ils ont besoin d'avoir leurs pièces en mains sûres,
Et se garderont bien d'employer les doublures.
Je les verrai venir; car leur propre intérêt
Les fera, j'en suis sûr, révoquer cet arrêt. »
Étant huit jours après devant les Invalides,
Je vois quelqu'un vers moi venir à pas rapides;
C'était l'aimable acteur qui me dit tout joyeux:
« Je vous l'avais prédit, les choses vont au mieux;
La pièce va passer. L'intendant des théâtres
Du mérite réel, l'un des plus idolâtres,
M'a demandé tantôt si l'ouvrage était bon;
Car il était imbu qu'il péchait par le fond.
Sur mon simple exposé, quoique fait en désordre,
Devant moi sur-le-champ il vient de donner l'ordre
De le représenter le dix du mois prochain.
Nous allons répéter je pense après-demain.
Restez tranquille. Adieu. Malgré toute la clique
Vous aurez sur le front une palme tragique. »

Cet espoir enchanteur exhalta mon esprit.
Sans espoir de dormir je me mis dans mon lit,
Me tournant, retournant ainsi qu'une omelette,
Et des pieds au chevet faisant la girouette,
Je me croyais mangé d'un essaim de fourmis
Tant mon sang fermentait de ce succès promis.
Lorsque l'on répéta, caché dans une loge,
J'étais plus fier qu'un paon, qu'un commis ou qu'un doge.
Sous cape je marquais les vers et les momens
Qui devaient arracher les applaudissemens.
J'en comptai plus de cent d'un effet immanquable,
Et faits pour désarmer un parterre implacable;
« Mais qui compte sans l'hôte, hélas! compte deux fois. »
Dès le troisième vers, malgré le nombre trois
Qui réjouit les dieux et que l'homme révère,
Je me vis embarqué dans une sotte affaire,
Et me sentis soudain bouleverser si fort
Que je crus éprouver l'accident de Francfort.
Un concert s'éleva, non d'instrumens à cordes,
Mais de ceux inventés pour rassembler les hordes,
Les voleurs, les brigands au loin disséminés
Et qui partent tout droit d'un pouce sous le nez.

On cria vainement, paix-là ! hors de la salle !
Rien ne put retenir l'essor de la cabale.
J'étais au second rang, et voyait de mes yeux
Mes juges, les auteurs, parmi les factieux.
Si de suite il passait quatre vers en silence,
On s'en dédommageait en doublant de licence.
Au second acte enfin mon protecteur parut ;
A sa vue un instant tout le monde se tut.
Il prit l'air solennel, marcha d'un pas tranquille ;
Mais le calme fut court, tout devint inutile.
S'il disait un couplet avec grands apparats,
On ripostait au bout par des ris aux éclats ;
Si sans prétention il glissait la tirade,
Tout le temps qu'il parlait continuait l'aubade.
De dépit, de fureur il était tout en eau.
Enfin l'on cria tant, baissez donc le rideau,
Qu'on eût dit que l'enfer avait brisé ses digues.
Pour pouvoir contenir la plus noire des ligues
Dans le fond du parterre il parut vingt soldats,
Fusils chargés à balle et baïonnette au bras.
Ils furent se placer de distance en distance :
La crainte en un clin d'œil ramena la décence.

Ces hardis factieux ravalèrent leurs chants,
Car ils étaient encor plus poltrons que méchans.
On applaudit les vers, les acteurs et les scènes.
Mon sang coagulé circula dans mes veines.
La pièce terminée on demanda l'auteur !
Et je fus décelé par mon ami l'acteur.
Ivre de ce succès je montai dans sa loge ;
Chacun de mon travail parlait avec éloge.
L'acteur disait content : « L'ouvrage est plein d'esprit ;
Qui pourrait en douter quand Delille l'a dit ? »
Je retournai chez moi plongé dans ce délire
Que l'on ne peut comprendre, encore moins décrire.
J'écoutais en passant devant tous les cafés
S'il se trouvait des gens de ma pièce coiffés.
L'un parlait du beau temps et l'autre de la pluie ;
Plus loin, c'était du lait ayant un goût de suie ;
Mille propos bâtards, ineptes et sans sel ;
Personne n'attaquait le point essentiel,
Pas un mot, un seul mot de mon apothéose ;
Je ne concevais pas qu'on parlât d'autre chose.
J'entendis seulement en train de cheminer :
« Oui, mais c'est comme on dit, moutarde après dîner ;

Vous allez voir demain ce qu'en dira l'oracle. »
Ce discours, me disais-je, a rapport au spectacle ;
Est-ce de moi qu'on parle ?... et ne puis-je savoir...
Le colloque finit par un triste bonsoir.
Entré dans mon réduit à l'hôtel de Pologne
Je me fis apporter deux flacons de Bourgogne,
Pensant à mes succès je les vidai gaîment,
Et regagnai mon lit je ne sais trop comment.
Tout tournait devant moi quand je *crus* voir l'aurore,
Et quoique tout Paris fermât les yeux encore.
Pour lire les journaux je fus au boulevard ;
Je ne les trouvai point : j'accusai de retard
Le soleil, l'imprimeur, les commissionnaires,
Le maître du café, garçons et chambrières.
De mon bâton noueux je frappais sur les bancs,
Je me rongeais les doigts, je me battais les flancs,
J'étais sur des charbons dans de l'huile bouillante
Quand le messager vint apporter la patente.
En prenant ce papier je suais et tremblais
Comme si j'avais fait quelque crime tout frais.
Je brise le cachet, de lire je me presse...
« On a donné hier la plus maussade pièce

» Qui depuis cinquante ans eût été mise au jour.
» Ce sont grands sentimens rebattus, peu d'amour,
» Encore vient-il là comme tombant des nues :
» Un plan mal combiné, des scènes décousues,
» Un style entortillé des plus lourds, des plus secs,
» Des vers sentencieux renouvelés des Grecs.
» Sans doute le public avait vent de l'ouvrage,
» Car au troisième vers s'est déclaré l'orage;
» Par la force employée on l'a su contenir;
» Sans ce puissant moyen il n'aurait pu finir.
» Tous les billets donnés profitant du silence
» Ont crié des bravos avec extravagance.
» Les amis du héros qui s'est fait protecteur
» Pour couronner la fête ont demandé l'auteur.
» On redonne aujourd'hui cet ouvrage amphibie;
» Mais voyant la recette à coup sûr je parie
» Que tout sociétaire élevera la voix
» Pour qu'on le tienne quitte à la seconde fois.
» La pièce est d'un auteur près de la cinquantaine;
» Amans sur le retour flattent peu Melpomène :
» Si parfois à sa suite on voit des vétérans,
» C'est quand elle a joui des jours de leur printemps.

» L'ouvrage avait été trouvé bon par Delille ;
» Mais d'avoir son suffrage il n'est pas difficile ;
» Pour ce qu'on lui soumet il est trop indulgent :
» L'indulgence est toujours compagne du talent.
» Les acteurs ont joué moins mal qu'à l'ordinaire :
» La médiocrité les plaçait dans leur sphère ;
» Ils ont rivalisé les Coigni, les Baulin,
» Et cætera. La suite au numéro prochain. »
A-t-on jamais ouï, m'écriai-je en colère,
Un jugement pareil, plus faux, plus arbitraire ?
Quel arrêt jésuitique, et quel coup bien porté ;
Ce récit a le ton, l'air de la vérité.
Les gens impartiaux diraient, la pièce est bonne,
Que d'après cet article il n'y viendra personne.
Je me lève, je sors, et tout droit je m'en vais
Exhaler ma fureur seul aux prés Saint-Gervais.
Le temps était fort chaud, bien qu'au mois de septembre ;
Au premier cabaret je demande une chambre ;
Je m'y renferme à clé pour pouvoir réfléchir
Sur moi, sur mes projets et sur mon déplaisir.
Comme je remontais ma montre de Lépine,
J'entends avec fracas de la chambre voisine

Ouvrir la porte, entrer une société
Dont les ris éclatans annonçaient la gaîté.
Je n'avais nul dessein d'écouter ni d'entendre ;
Mais la vieille cloison commençait à se fendre.
J'entendis assez haut : « Tout a bien réussi :
Votre plume, ma foi, frappe à bras raccourci. »
Celui qui dans l'instant recevait l'apostrophe
Répond : « J'ai couronné, je crois, la catastrophe ;
Au prétendu succès je donne un astringent. »
Je regarde : ce traître était mon vieux régent.
Il se pavane, et dit mangeant une saucisse :
« Le poivre et les lardons ont bien fait leur office ;
C'est ainsi que l'on doit terrasser l'impudent,
Et pour mordre, il n'est rien tel qu'une vieille dent. »
Ah ! coquin. Il poursuit : « Je vois d'ici sa rage.
Versez-moi du Bourgogne ; *il est fort le breuvage.*
Il se ressouviendra d'avoir eu *bec* sur moi. »
Il entame un chapon. « Je me suis tenu coi
Pendant trente ans au moins, et c'est assez, je pense.
Je ris de l'histrion, de son air d'importance...
Passez la macédoine un peu de ce côté.
— Oh ! le mot histrion est d'un style emporté,

Dit quelqu'un : à coup sûr vous pouvez dire artiste.
— Entre nous quel besoin de faire le puriste ?
Je sais, lorsque j'écris, du jour prendre le ton...
Ce canard aux navets est dur comme un bâton :
Je m'y connais ; voyez, bien sûr c'est une canne,
— Qui va de mille coups nettoyer ta soutane,
Dis-je, enfonçant la porte, et battant sur son dos
Une ronde à six huit avec ses daccapos.
— Ah ! messieurs, criait-il, arrêtez ce vacarme;
Ce drôle va m'occir comme il occit son carme.
— Pourquoi jappes-tu donc comme ces chiens hargneux.
Qui tournent les talons quand on marche sur eux ?
Mon bras veut en ce jour venger toute victime
Qui sut, ainsi que moi, te frustrer de ta dîme.
Puis je dis : si quelqu'un veut prendre son parti
Je suis prêt, ou l'attends ce soir à Frascati. »
Au défit, sur-le-champ deux messieurs se levèrent :
Nous partîmes tous trois, et les autres restèrent.
On convint et de l'arme, et de l'heure, et du lieu;
Je fus à mon hôtel, quartier des Filles-Dieu
Pour y prendre un témoin, aiguiser mon épée,
Et quatre heures sonnant je fus à la Rapée.

J'y trouvai ces messieurs : nous partîmes soudain
Pour aller nous larder au bois le plus voisin.
Moi, j'étais de sang-froid, et mon brave adversaire
Soutenant une cause à l'honneur étrangère,
Parait tranquillement voulant faire le beau ;
En place d'un duel nous fîmes un assaut.
« Nous avons l'air, dit-il, de deux prevôts de salle ;
Embrassons-nous, mon cher, et que je vous régale :
Oublions ce vieux cuistre et volons chez Martin
Manger la matelotte et boire du bon vin. »
J'acceptai de bon cœur, laissant la tragédie
Qui fut comme un désert, dit-on, de Sibérie.
Je m'en étonnai peu, n'en eus point de courroux ;
Car le public ne fait qu'hurler avec les loups :
Ma bile avait coulé, j'étais devenu sage ;
Ma bonne humeur revint en lisant une page
Que l'on me présenta dans un autre journal.
Il était véridique autant qu'impartial ;
Il n'était point construit de cent pièces disjointes
Pour pouvoir les lier par de mauvaises pointes ;
On n'y voyait jamais cette dent de *requin*,
Ces mots à double sens pris dans un vieux bouquin.

Il était conséquent, poli sans flatterie,
Raisonnant sans détour et sans allégorie;
Ses conseils étaient ceux que dicte le bon goût;
S'il parlait des défauts, il les prouvait sur-tout.
Je m'écriai, charmé, voilà comme on critique!
Périsse la satire et guerre au satirique.
Si jamais je suis roi! journaliste loyal,
Privilége exclusif sera pour ton journal,
Et sur une médaille on lira pour exergue:
*Æquitas, veritas* distinguent le Rouergue.
J'entends un grand fracas, je m'éveille en sursaut
De me voir dans mon lit; je demeure capot:
C'était mon perruquier. « Que le diable t'enlève!
Lui dis-je, m'éveiller au milieu de mon rêve!
— Rêviez-vous, me dit-il, à vos succès d'hier?
— Sans doute, je le puis, repris-je d'un ton fier;
Quelqu'un avance-t-il un sentiment contraire?
— Mes pareils sont bavards; mais moi je sais me taire,
Dit le merlan discret; et de peur de courroux
J'ose vous conseiller de demeurer chez vous.
— Pourquoi? parle. — Mon Dieu quel caprice est le vôtre?
C'est pour huit jours au plus, car un clou chasse l'autre.

— Bourreau ! que veux-tu dire ? explique-moi ces clous,
Ou je vais t'assommer d'un déluge de coups. »
Il fuit épouvanté, détale comme un lièvre.
De mon sang allumé naît un accès de fièvre,
Puis un autre, puis trois, et plus cinq qui font dix ;
Je frisai de très-près le noir *de profundis*.
En renaissant au jour comme une chrysalide,
Au lieu de m'abreuver de l'onde Aganippide
Dont la vapeur souvent dérange le cerveau,
Je sus la remplacer par le château Margot.
Si parfois celui-là fait faire une cascade,
On brosse son habit et zeste l'on s'évade.
Bien fou qui d'Apollon espère des lauriers ;
Mars les accapara pour le front des guerriers.
De cet arbre sacré désormais il dispose,
Il ne laisse au blondin qu'un pâle laurier rose ;
Et pour en arracher une feuille, un seul brin
Il faut être bien grec ou se lever matin.
Ce petit mirliflor, souverain des deux buttes,
Ce roi des violons, des lyres et des flûtes
Veut se donner des airs, des tons de damoiseau,
Il n'est, à mon avis, pas plus que Cousineau ;

Encore Cousineau, plus docile, s'arrange
Pour de l'argent comptant ou bien lettre de change ;
Au lieu que le premier, chicaneur et rétif,
En toute occasion vous traite comme un juif ;
Fait payer cent pour cent même en laissant un gage,
Et croit que son sourire assez vous dédommage.
Si par quelque caprice ou par un pur hasard
De ses fades yeux bleus il s'échappe un regard,
Parmi les aspirans c'est un remue-ménage,
Une émeute, un sabat, un désordre, un tapage,
Dont l'esprit le plus fort deviendrait ahuri,
C'est le diable et l'enfer faisant charivari.
« Ce n'est pas toi, c'est moi. — Tu me voles l'aubaine.
*Structor*, reste à ton gips. — *Sutor*, à ton alène. »
Panthères, léopards, ou tigres rugissans
Ne seraient auprès d'eux que des agneaux naissans.
A ces rudes assauts pour toujours je renonce :
Battez-vous, tuez-vous, je ferai comme Ponce ;
De tous ces sales faits je me lave les mains,
Comme le fit jadis ce préteur des Romains.
Si mes pareils sont mis au temple de Mémoire
Pour savoir bien aimer et sur-tout pour bien boire,

Je serai le premier. Bacchus est à mes yeux
Le maître de l'Olympe et le plus grand des dieux ;
Qu'il embrase mes sens d'un aimable délire ,
Je change sans regret pour un broc une lyre.
Le chef , orné de pampre ainsi qu'Anacréon ,
Je chanterai sa gloire , et Lise et Madelon ;
Qu'importe qu'elles soient servantes ou princesses ,
« La valeur fit les dieux , la beauté , les déesses ! »
Ks , ks , ks mes doguins , ferme , donnez vous-en.
Bonsoir , je vais au lit où Madelon m'attend.



FIN DU CHANT SIXIÈME ET DERNIER.

www.ingramcontent.com/pod-product-compliance
Lightning Source LLC
LaVergne TN
LVHW012015220826
846092LV00001B/358
*9782329756790*